U0083951

古典詩歌研究彙刊

第六輯

龔鵬程 主編

第21冊

宋元時期嚴羽詩論接受史研究（下）

黃培青 著

國家圖書館出版品預行編目資料

宋元時期嚴羽詩論接受史研究（下）／黃培青 著 — 初版 —
台北縣永和市：花木蘭文化出版社，2009〔民98〕

目 4+160 面；17×24 公分
（古典詩歌研究彙刊 第六輯：第21冊）
ISBN 978-986-6449-72-7（精裝）
1.（宋）嚴羽 2. 傳記 3. 學術思想 4. 宋詩 5. 詩評
6. 元代
820.9105 98013951

ISBN - 978-986-6449-72-7

古典詩歌研究彙刊
第六輯 第二一冊 ISBN：978-986-6449-72-7

宋元時期嚴羽詩論接受史研究（下）

作　　者　黃培青
主　　編　龔鵬程
總 編 輯　杜潔祥
出　　版　花木蘭文化出版社
發 行 所　花木蘭文化出版社
發 行 人　高小娟
聯絡地址　台北縣永和市中正路五九五號七樓之三
電話：02-2923-1455／傳真：02-2923-1452
網　　址　http://www.huamulan.tw 信箱 sut81518@ms59.hinet.net
印　　刷　普羅文化出版廣告事業
初　　版　2009年9月
定　　價　第六輯25冊（精裝）新台幣35,000元

宋元時期嚴羽詩論接受史研究（下）

黃培青 著

目次

上冊

下　冊

第五章　擴散期：元代後期《滄浪詩話》之接受

元代詩壇隨著仁宗延祐元年（1314）下詔復科取士後，終於擺脫季宋以來卑靡的文風，進入求雅、尚古的時期。

陳基〈孟待制文集序〉云：

> 延祐初繼禪之君虛己右文，學士大夫涵煦乎承平，歌舞乎雍熙，出其所長，與世馳騁，黼黻皇猷，鋪張人文，號極古今之盛。〔註 1〕

在仁宗有意提振文風的努力下，一時學士大夫相繼步踵詩壇，彬彬之盛大備於前。因爲，承平盛世需要大量文人創作文學作品來加以襯飾，所以歌功頌德、鋪采摛文就成爲該時期的主要旋律。

至於在典範的選擇上，元人展現出迥異於宋詩的取徑。清人顧嗣立在《元詩選・凡例》中表示：

> 飈流所始，同祖風騷。騷人以還，作者遞變。五言始於漢魏，而變極於唐，七言盛於唐，而變極於宋。迨於有元，其變已極。故由宋返乎唐而諸體備焉。〔註 2〕

〔註 1〕〔元〕陳基：〈孟待制文集序〉，收入吳文治主編《遼金元詩話全編》（南京：鳳凰出版社，2006 年 12 月），頁 2507。

〔註 2〕〔清〕顧嗣立：《元詩選・凡例》（臺北：世界書局 1967 年 8 月），頁 6。

元人於詩推崇《詩》、《騷》、漢魏、李唐，上溯《詩經》、下尊唐詩可謂是當時的主流風尚。而於歷代詩中，元人對唐詩更是情有獨鍾。尤其在上承宋末、金源時期對於宋詩的反思、檢討，一股力革宋詩之弊，上接唐詩的風潮沛然成形。是時文人多以「盛唐」爲圭臬，在精神內容上，以合乎政治教化規範爲原則；在藝術表現上，以臻於和諧柔婉的風格爲依歸。此一「宗唐」取向，可由大量格、法作品推尊唐詩的態度窺知。而此期出現一部重要的唐詩選本──《唐音》，它以詩選佳本的姿態廣泛流傳於文人圈，對於宗唐詩風的推衍，起著極大的作用。另外，從元代前期戴表元等人高舉「宗唐得古」的主張之後，歐陽玄、蘇天爵、許有壬……等，也都相繼發表類似的論述。所以在諸多元素的交相配合下，嚴羽詩論在詩壇的影響力，已漸漸擴散。

本章節目次的安置如下：第一節以詩格、詩法作品爲討論重心；第二節則探討《唐音》對於嚴羽詩論的承繼；第三節論述元代後期部分詩評家與嚴羽詩論可能存在的聯繫；第四節則總結本章討論。

第一節　元代詩格、詩法對嚴羽詩論的接受

所謂「詩格」、「詩法」，指的是對基本作詩技法及作詩理論原則進行總結、選編的詩學論著。其編纂目的，一般是爲了指導初學者創作詩歌之用，或爲了應付科舉考試編著而成。

統而言之，「格」、「法」之作皆以詩學津梁自任，故粗略言之無甚差別。但若細究之，則二者又有不同。所謂「格」者，意指「標準」；「法」者，重別「禁忌」。所以從立論角度上說，「格」是積極的指引，「法」是消極的迴忌。

至於格、法之類的詩學論著，何以在元代中後期開始於文壇蓬勃發展，以至蔚然成風，其背景爲何？頗耐人尋味。

對此，蔡鎮楚將元代詩法大盛的原因歸納爲下列三點：〔註3〕

〔註3〕參見氏著：《中國古代文學批評史》（長沙：嶽麓書社，1999年4月），

一、正統文學的衰落

二、元人的文學批評觀念相對比較淡薄

三、無師自通

首先，「格」、「法」之作，是爲了拯救蕭條頹敝的正統文風。當延祐復科之後，在詩歌創作上力主恢復唐音，掀起一股宗唐之風。時人意欲翻轉頹弊、澆薄的流俗，以重振雅正之風爲務。加上儒家思想被時人重新確認，一種重視文化遺產的師古風氣於焉成形。影響所及，在詩學思想上，形成一股從前人經典作品紬繹作詩技巧的風尚。所以格、法作品的作者希冀透過此類詩學指南引領後人接步前賢的門徑。

其次，蔡氏以爲元人在批評觀念上相對於宋人要來得淡薄許多，因此造成元代詩話之作少，格、法之著多的現象。現存元代格、法作品，大多是雜抄前人、重新排列組合而成。所以，對於前人詩論主張的蒐集、汰澤，就成了元人用力之處。影響所及，使得元人在詩學文獻的整理上頗有功績，但在詩歌理論的開拓上卻略顯不足。

其三，無師自通者係指讀者可以透過此類格、法作品，以自學的方式，問階於詩國域囿。所以格、法一類的入門詩典，就成了書賈營利的工具，於是形成書坊大量刊刻、發行的風氣。

其實，元人生於宋後，難免受到宋代尚法的流風影響，所以對於詩歌法度的關注，仍舊深植元人心底。加上宋元時期民間詩社蠭出，即便在復科設考之前，文人雅士談詩論文的風氣就很興盛，爲了滿足這些文人論辨、創作所需，格、法一類的作品也就特別獲得時人青睞了。

元代大量格、法之作，在時代風氣以及書賈射利的心態結合下，不斷組合、翻刻，且其中所錄言論多非元人所創，又常有僞托作者的現象產生，於是歷來學者對於元代格、法作品評價皆不甚高。不過這些被編湊入格、法之作的詩學材料，雖然不是元人所創，但在歷史意義上卻是當時文人詩學觀點的具體展現。就如同吾人對選本的認識一

頁 323～325。

般，在汰擇、組合的過程中，這些材料就被賦予了嶄新的意義。因此吾人應該以一種客觀、尊重的態度，重新審視格、法作品的詩學價值。

而在格、法著作對前人詩學觀念的承繼上，《滄浪詩話》一直是元人取鑑的重要對象。王奎光在《元代詩法研究》中即曾表示：

> 在有宋一代的詩學著作中，對元代詩法影響最大的非嚴羽的《滄浪詩話》莫屬。《滄浪詩話》對元代詩法的影響是全方位並且極爲深刻的。〔註4〕

可見嚴羽詩論在元代後期詩壇，已起了極大的影響作用。當然，其細部的接受涵化過程，即是本文所欲析理的重心所在。

一、《詩法家數》對《滄浪詩話》的接受

《詩法家數》一書舊題楊載（1271～1323）所作。楊載，字仲弘，其先祖爲福建浦城人，後遷居杭州。元仁宗延祐二年登進士第，授梁州同知，遷寧國路推官，未上，至治三年（1323）卒。楊氏於時頗負盛名，名列元詩四大家之一，著有《楊仲弘詩集》八卷。

《詩法家數》由「序文」、「詩學正源」、「作詩準繩」、「律詩要法」、「古詩要法」、「絕句之法」、「榮遇」等九法及「總論」等篇組成。書中多取宋人論詩之語，尤以陳師道、姜夔、嚴羽的詩歌理論爲最。

首先，在「序文」的部分提及：

> 詩之爲體有六：曰雄渾，曰悲壯，曰平淡，曰蒼古，曰沉著痛快，曰優游不迫。〔註5〕

其中「雄渾」、「悲壯」、「沉著痛快」語出〈詩辨〉「詩之品有九」之列；而「沉著痛快」、「優游不迫」二體，則見於〈詩辨〉「其大概有二」。由此可知，《詩法家數》詩之六體的風格歸納，在名稱上幾乎全襲自嚴羽，只是就《滄浪詩話》的文字重新組合排列罷。若以今日陽

〔註4〕參見氏著：《元代詩法研究》（南京：復旦大學中國語言文學系博士論文，2007年4月），頁64。

〔註5〕舊題〔元〕楊載撰：《詩法家數》，收入張健編《元代詩法校考》（北京：北京大學出版社，2001年9月），頁12。

剛、陰柔兩大範疇區分之，則本書所偏好者，大抵以陽剛爲取向。

另外，論及「詩忌」時，《詩法家數》有：

> 詩之忌有四：曰俗意，曰俗字，曰俗語，曰俗韻。〔註6〕

此段文字也是出自《滄浪詩話》「五俗」之喻：

> 學詩先除五俗：一曰俗體，二曰俗意，三曰俗句，四曰俗字，五曰俗韻。（〈詩法〉一）

只是《詩法家數》將「俗體」一項摘去而已。於此除可看出是書對《滄浪詩話的借鑒、承襲，也反映出格、法作品拼接、重組前人詩論文本的現象。

再者，在學詩進程的工夫論上，《詩法家數》以爲：

> 今之學者，倘有志乎詩，且須先將漢、魏、盛唐諸詩，日夕沉潛諷詠，熟其詞，究其旨，則又訪諸善詩之士，以講明之。若今人之治經，日就月將，而自然有得，則取之左右逢其源。苟爲不然，吾見其能詩者鮮矣！是猶孩提之童，未能行者而欲行，鮮不仆也。〔註7〕

其取徑對象爲「漢、魏、盛唐」諸詩，強調「沉潛諷詠」、「熟其詞」、「究其旨」的工夫進程，並以儒者治經爲喻，要人「日就月將」，自然會有所得。而在嚴羽〈詩辨〉之中也有相似的主張：

> 工夫須從上做下，不可從下做上，先須熟讀《楚詞》，朝夕諷詠，以爲之本；及讀《古詩十九首》、《樂府》四篇；李陵、蘇武、漢魏五言皆須熟讀；即以李杜二集枕藉觀之，如今人之治經。然後博取盛唐名家醞釀胸中，久之自然悟入。雖學之不至，亦不失正路。此乃是從頂上做來，謂之向上一路，謂之直截根源，謂之頓門，謂之單刀直入也。（〈詩辨〉一）

由此可知《詩法家數》強調朝夕諷詠、主張深究博觀、要求熟讀醞釀的主張，與《滄浪詩話》有著頗爲一致的看法。序文接著談到：

〔註6〕同上註，頁12。

〔註7〕同上註，頁12～13。

余于詩之一事，用工凡二十餘年，乃能會諸法，而得其一二，然於盛唐大家數，抑亦未敢望其有所似焉。〔註8〕

作者自謙以其積學、用功二十餘年始能略有所得，但對於「盛唐」大家，仍然有望之儼然的崇敬心態，不敢「望其有所似焉」。由此可知，「盛唐大家數」在其心目中的典範地位。配合上述引文，可以發現《詩法家數》在學習對象上雖也推崇漢魏之詩，但作者最終追慕的典範乃是盛唐之音。故其明確的學詩門徑，係於「盛唐大家數」之上。這高舉「盛唐」的理論主張，與嚴羽「謂當截然以盛唐爲法」同出一轍。另外，在唐詩史的認識裡，顯然「盛唐」與中、晚唐時期詩作的地位是有所不同的。再者，在術語使用上，引文中的「家數」，也是嚴羽習用的論詩之語，也可聊備參考。

在《滄浪詩話》中，曾三次提及「家數」一詞。首先，〈詩法〉中提到：

辨家數如辨蒼白，方可言詩（荊公評文章先體製而後文之工拙）。

可見「辨家數」乃是品詩論文的入門能力。而從夾註號中所引王安石「先體製而後文之工拙」之謂，可知其所辨之「家數」者，亦即詩之體製也。

另外，〈考證〉則謂：

《文苑英華》有太白〈代寄翁參樞先輩〉七言律一首，乃晚唐之下者；又有五言律三首，其一〈送客歸吳〉，其二〈送友生遊峽中〉，其三〈送袁明甫任長江〉，集本皆無之，其家數在大曆、貞元間，亦非太白之作。

此處對李白詩歌眞僞的判斷標準，即是《滄浪詩話》不斷強調的「辨體」能力，當讀者參、讀前人之作臻於一定程度之後，即可養成從詩歌體貌判斷其時代歸屬、詩歌作者爲誰的特殊能力。而此處所指的「家數」，則是詩人特殊的風格、體貌。

而〈答出繼叔臨安吳景仙書〉也有關於「家數」的論述：

〔註8〕同上註，頁13。

> 作詩正須辨盡諸家體製，然後不爲旁門所惑。今人作詩差入門户者，正以體製莫辨也。世之技藝猶各有家數，市縑帛者必分道地，然後知優劣，況文章乎？僕於作詩不敢自負，至識則自謂有一日之長，於古今體製若辨蒼素，甚者望而知之。

在此嚴羽點明了「家數」一詞與市井行業的關係。龔鵬程曾說：

> 家數，是把家族觀念運用到風格判斷上的用語，凡創作活動，能顯出某種特殊成熟的風貌，就好像一個人有能力自立門户一樣，可以自成一家了。因此，家，是個獨立的風格單位，凡風格路數相同、自成一類者，即爲一家。宋朝宗族組織十分蓬勃昌盛，其觀念中也喜歡運用宗族結構來類秩事物，故「家」「家數」普遍運用於各行業及詩文藝術活動之中。〔註9〕

而此處「必分道地」、「知優劣」的功夫，即是築基於對所辨事物的嫻熟程度之上。嚴羽於詩自詡爲「識者」，並以品鑒詩歌優劣、良窳深感自負。嚴氏以自己的經驗爲例，要讀者能養成一種「望而知之」的識力。至於其所辨識者，即是詩之風格、體製。〔註10〕

除了時代、個人風格以及體製的辨識外，《詩法家數》還有「律詩要法」、「古詩要法」、「絕句要法」等細目分類，其中對於五律、七律、五古、七古、絕句等各種詩體，作了詩體規範的概括。這種針對不同詩體，確立其特殊的體貌、風格，正是嚴羽重視「辨別諸家體製」的辨體觀念的衍伸。如「古詩要法」論五言古詩時云：

> 五言古詩，或興起，或比起，或賦起。須要寓意深遠，托辭溫厚，反覆優游，雍容不迫。或感古懷今，或懷人傷己，或瀟灑閑適。寫景要雅淡，推人心之至情，寫感慨之微意，

〔註9〕參見氏著：《詩史本色與妙悟》（臺北：臺灣學生書局，1986年4月），頁112。

〔註10〕今人黃景進曾說：「家數」本來是指時代或個人風格，但發展到後來，會超越時代或個人，形成一種永恆性，如「體製」一樣具有其形式要求。參見氏著《嚴羽及其詩論之研究》（臺北：文史哲出版社，1986年2月），頁215。

悲懽含蓄而不傷，美刺婉曲而不露，要有《三百篇》之遺意方是。觀漢魏古詩，藹然有感動人處。如《古詩十九首》皆當熟讀玩味，自見其趣。〔註 11〕

文中以爲五古之作當以「溫柔敦厚」的詩教、儒家「中和」的觀念爲標準，追求「反復優遊，雍容不迫」的詩歌美感。寫景要雅淡，寫情要含蓄、婉曲，一以《詩經》、《古詩十九首》爲學習標的。其中《詩法家數》將嚴羽「優遊不迫」，拆解爲「反覆優游，雍容不迫」二句，昭示著五古之作的美感取向，當以此爲追求目標。而漢魏古詩這種平淡卻能感動人情，值得反覆熟讀吟玩的淳恬意趣，是五古詩作的特色所在。從引文內容與熟讀、玩味自見其識的修養工夫，都可看出嚴羽詩論影響的身影，只是作者在融入儒家詩學意識之後，在文字上作了必要的改易與更動。

《詩法家數》的「辨體」觀念還由詩體衍伸至主題之上，其書中分有「榮遇」、「諷諫」、「登臨」、「征行」、「贈別」、「詠物」、「讚美」、「賡和」、「哭輓」諸種門類，對於不同題材內容的詩歌，書中都針對其風格要求作了基本的概括。這種針對不同體裁、題材即應有其對應審美特徵的認識，可謂爲嚴羽以降「辨體」理論的更進一步發展。

另外，在《詩法家數》之中，還有一些零散的意見可與《滄浪詩話》作聯繫。諸如「律詩要法」：

結　句

或就題結，或推開一步，或繳前聯之意，或用事。必放一句作散場，如剡溪之棹，自去自回，言有盡而意無窮。〔註 12〕

也係由嚴羽〈詩法〉「發端忌作舉止，收拾貴在出場」〔註 13〕增益而來，除了形象化的以「剡溪之棹」來強調結句所應具有的「言有盡而意無窮」的餘韻外，還對於結句的幾種類型作了簡要的說明。

〔註 11〕舊題〔元〕楊載撰：《詩法家數・古詩要法》，收入張健編《元代詩法校考》（北京：北京大學出版社，2001 年 9 月），頁 22。

〔註 12〕同上註，頁 18。

〔註 13〕〔宋〕嚴羽：《滄浪詩話・詩法》四。

《詩法家數》對詩歌言、意關係的主張，還有所謂的「含蓄」原則：

> 語貴含蓄。言有盡而意無窮天下之至言也。如清廟之瑟，一唱三歎，而有遺音者也。〔註 14〕

作者以爲詩語貴「含蓄」，能夠擁有最大包蘊力量的文字，才是天下之至言。對於「一唱三歎」餘音的追求，以及「言有盡而意無窮」的主張，都可在《滄浪詩話》中找到相似的見解。所以，對於詩歌的審美境界，二書觀點是頗爲近似的。

另外，關於詩歌風格的討論，《詩法家數・總論》也以「沉著痛快」、「優游不迫」二者概括：

> 詩要首尾相應。多見人中間一聯，儘有奇拙，全篇湊合，如出二手，便不家數。此一句一字，必須著意聯合也。大概要沉著痛快，優游不迫而已。〔註 15〕

這裡將嚴羽論詩之「大概」的兩種風格落實在聯、句的經營之上。作者雖然主張學古，但卻對雜湊成章的詩篇貶抑甚多。他以爲「全篇湊合」便不成「家數」，所以能否自成一家，除卻形式上的要求外，關鍵還在於如何呈顯一己面目上。詩歌不僅是摹擬、拼湊而成的文字，在字句的提煉上還須「著意聯合」，不可妄作。至於其風格的表現，則如嚴羽所概括的，大略可分爲沉著、優游兩端。由此可以發現，嚴羽論「詩之大概」的風格區別，爲《詩法家數》反覆搬用，足見其對《滄浪詩話》風格的概括的高度認同。

二、《木天禁語》對《滄浪詩話》的接受

《木天禁語》舊題范梈（1272～1330）所作。范梈，字亨父，又字德機。江西清江人。曾任翰林編修、福建閩海道知事等職。與楊載、虞集、揭傒斯齊名，爲元詩四大家之一，著有《范德機詩集》行世。

〔註 14〕舊題〔元〕楊載撰：《詩法家數・總論》，收入張健編《元代詩法校考》（北京：北京大學出版社，2001 年 9 月），頁 35。

〔註 15〕同上註，頁 34。

舊題范梈所著的格、法作品甚夥，其中最著名者當屬《木天禁語》、《詩學禁臠》二書。前者書名由來頗具深意，「木天」係指唐代收藏圖書典籍的秘書閣，該樓爲朝廷宮中最高敞的建築，故以「木天」稱之，而後亦借指翰林院。而「禁語」一詞，猶言禁中之語、內府秘語之類，而後演變有不輕易示人、外流的祕訣之意。二詞連用除了彰顯該書內容的權威性外，還可推知作者自詡此書論詩言語，乃擲地有聲之作。

而《詩學禁臠》中的「禁臠」一詞，出自《晉書‧謝混傳》，本指味美的豬肉。以「禁臠」比喻詩學論著，表明作者自詡本書爲詩學旨論，足堪爲學詩者法式的自信。

在《詩學禁臠》中，專論律詩立意、佈局、格式，是書共分十五格。其中所錄詩例皆爲唐人作品，其宗唐傾向可見一斑。不過，二書與嚴羽詩論的聯繫關係，以《木天禁語》較爲明顯，故下文將專就此書討論。

關於《木天禁語》的寫作緣起，〈內篇〉有云：

> 詩之說尚矣。古今論著，類多言病，而不處方，是以沉痼少有瘳日，雅道無復彰時。茲集開元、大曆以來，諸公平昔在翰苑所論秘旨，述爲一編。〔註16〕

所以此書的編纂目的，在於針對「詩病」開立「處方」，並以彰復雅道自任。接著文中交代此書所錄詩例的材料來源，乃是總結開元、大曆以來詩人的會心所得，述爲一編。所以從其取材的對象看來，不難看出是書的宗唐傾向。

《木天禁語》論詩有「六關」之說，分別爲「篇法」、「句法」、「字法」、「氣象」、「家數」、「音節」等六項。其中前三者爲具體謀篇鍛鍊之法，後三者則涉及詩歌創作的原理。而六者之中，又以「氣象」、「家數」二目與嚴羽最有關聯。

〔註16〕舊題〔元〕范德機撰：《木天禁語》，收入張健編《元代詩法校考》（北京：北京大學出版社，2001年9月），頁140。

關於「氣象」一詞，在《滄浪詩話》中曾多次出現。如〈詩辨〉中有：

詩之法有五：曰體製、曰格力、曰氣象、曰興趣、曰音節。

〈詩評〉中則說：

唐人與本朝人詩未論工拙，直是氣象不同。

漢魏古詩氣象混沌難以句摘，晉以還方有佳句。

建安之作全在氣象，不可尋枝摘葉。

雖謝康樂擬鄴中諸子之詩，亦氣象不類。

〈考證〉中亦有：

予謂此篇誠佳，然其體製氣象與淵明不類，得非太白逸詩？

「迎旦東風騎蹇驢」決非盛唐人氣象，只似白樂天言語。

甚至，〈答出繼叔臨安吳景仙書〉也說：

坡谷諸公之詩如米元章之字，雖筆力勁健，終有子路事夫子時氣象。

盛唐諸公之詩如顏魯公書，既筆力雄壯，又氣象渾厚，其不同如此。

而此處的「氣象」，〔註 17〕指的是詩歌的整體風格。嚴羽以為，當讀者透過熟讀、熟參的工夫積累之後，即可培養出一種宏觀掌握詩歌體貌的識力，而能辨別諸家氣象、體製如辨蒼素。所以，「氣象」是嚴羽詩學體系中相當重要的一個環節。

不過嚴羽在《滄浪詩話》中雖好以「氣象」言詩，但其所提出的仍是一個概念性的「術語」，缺乏具體的闡釋。此一缺憾在《木天禁語》中有了進一步的發展。

《木天禁語》首先將「氣象」細分為十種，分別是「翰苑、輦轂、

〔註 17〕詩的「氣象」至少有以下三個方面的指向：一是指詩中的景物，二是指詩的氣韻、風神，三是指詩的氣局、規模與風貌。實際上宋人詩論中的「氣象」多是就第三種情況而言，指的是詩的氣局與風貌，它是詩的內在素質與外在形式給人的一種整體審美印象。參見章繼光：〈以「氣象」論詩盛於宋代的文化考察〉，《求索》（2005 年 5 月），頁 163。

山林、出世、偈頌、神仙、儒先、江湖、閭閻、末學」。〔註 18〕題下接著說：

> 已上氣象，各隨人之資稟高下而發，學者以變化氣質，須仗師友，所習所讀，以開導佐助，然後能脫去俗近，以遊高明。謹之慎之。又詩之氣象，猶字畫然，長短肥瘦，清濁雅俗，皆在人性中流出。得八法便成妙染，而洗吾舊態也。〔註 19〕

文中所謂「人之資稟」，即爲決定詩家「氣象」的關鍵之一。詩之「氣象」如同人之氣質般，是可以習染、變化的。任何人都可以在師友的指導下，脫去俗近。《木天禁語》將此改變的過程，比喻爲習寫字畫，以爲「得八法便成妙染，而洗吾舊態」，強調的即是透過後天的學習、涵養，變化詩歌風格。另外，《木天禁語》還引儲泳之語曰：

> 性情褊隘者，其詞躁；寬裕者，其詞平；端靖者，其詞雅；疏曠者，其詞逸；雄偉者，其詞壯；醞藉者，其詞婉。涵養情性發於氣，形於言。此詩之本原也。〔註 20〕

所以說這十種「氣象」，各因人之資稟、氣質，而有不同的風格展現。由此可以看出詩人情性、修養與詩歌體貌的聯繫。當然這也與宋元時期理學家好言聖人氣象、賢者氣象有關。在理學家的修養工夫中，學者是可以透過後天的學習、涵養而改變個人氣質。儲泳是言乃是主張人品、詩品之間存有「反映」的關聯性，並以此衍伸出透過涵養情性，而能「發於氣，形於言」的詩學理論。這與嚴羽專以「氣象」作爲詩歌的整體風貌略有不同，自此「氣象」不僅是詩歌藝術風貌的展現，還擴展至釀成此風貌之「人之資稟」與其反射出的性情特質。

其次，在「家數」方面的討論，《木天禁語》將詩之「家數」共分爲九家，各有各的特色，分別爲：

〔註 18〕舊題〔元〕范德機撰：《木天禁語》，收入張健編《元代詩法校考》（北京：北京大學出版社，2001 年 9 月），頁 174。

〔註 19〕同上註，頁 176。

〔註 20〕同上註。

「三百篇」，思無邪，學者不察，失於意見。
「離騷」，激烈憤怨，學者不察，失於哀傷。
「選詩」，婉曲委順，學者不察，失於柔弱。
「太白」，雄豪空曠，學者不察，失於狂誕。
「韓杜」，沉雄厚壯，學者不察，失於麤硬。
「陶韋」，含蓄優游，學者不察，失於迂闊。
「孟郊」，奇險斬截，學者不察，失於怪短。
「王維」，典麗靜深，學者不察，失於容冶。
「李商隱」，微密閑艷，學者不察，失於細碎。
已上略舉八九家數，一隅三反之道也。〔註21〕

各家數的風格都有所不同，或「激烈」、或「婉曲」、或「雄豪」、或「含蓄」……。所以，在辨識「家數」的細緻程度上，《木天禁語》實較《滄浪詩話》更爲明確精細。從此也可看出作者對嚴羽詩學理論的吸收、發展。

另外，在標示的九大「家數」之中，除了《詩經》、《楚辭》、《選》詩之外，皆爲唐人家數。本書成書年代去宋未遠，宋人詩作卻無法經作者手眼，故宋詩顯然不爲《木天禁語》作者所青睞。所以在唐、宋二代的詩歌好尚上，再次展現出作者偏好唐詩的傾向，這與嚴羽「揚唐抑宋」的主張立場十分相近。

除此之外，在《木天禁語》中還有許多關於篇法、句法、字法的敘述，而這些細密的部分，則是嚴羽較少關注之處。當然，身爲學詩者的法式軌範，《木天禁語》所欲昭示世人者即在於可學而致的經驗傳承，所以對於「法」的重視，自然遠較嚴羽尤甚。

綜上所述，從《木天禁語》的詩論主張中，可以清楚看出其對嚴羽詩論借鑒、發展的軌跡。而在「法」、「悟」兩端的拉鋸中，《木天禁語》對「詩法」的再次靠攏可視爲作者對嚴羽詩歌理論的補充修正。

〔註21〕同上註，頁177～178。

三、《吟法玄微》對《滄浪詩話》的接受

《吟法玄微》一書，舊題爲范梈門人集錄。其論詩史發展時有云：

> 漢詩，蘇武、李陵，始於五言。當時去古未遠，故有《三百篇》遺意。晉、魏以後，則世降而詩亦隨之，故載於《文選》者，詞浮靡，氣悲弱。其間獨淵明淡泊雋永，迥出流俗，蓋其情性然也。唐之盛，稱李、杜二家。然太白天才放逸，故其詩自爲一體；子美學優才贍，故其詩兼備眾體。而述綱常，繫風化，甚有益於世教焉。昌黎後出，厭晚唐留連光景之弊，詩又自爲一體。陳子昂、李長吉、白樂天、杜牧之、柳宗元、劉禹錫、王摩詰、司空曙、高適、岑參、韋應物、賈至、許渾、張籍、姚合之徒，其體又各不同。晚唐則皆纖巧浮薄，而不足觀矣。〔註 22〕

文中所列時代、詩人，大抵皆見於《滄浪詩話・詩體》之目。而在具體評論上，作者對淵明淡泊雋永、太白天才放逸的認識，與嚴羽立場幾爲一致，不過評論杜甫時，作者特別以「述綱常」、「繫風化」等實用角度切入，這與嚴羽側重詩歌審美的主張略有不同。然而，其餘六朝至於盛唐的概括評論，基本上與嚴氏主張大體吻合。如於六朝特別推崇陶詩，於盛唐特標李、杜二家，只是作者以爲李白係「自成一體」，而杜甫的特色爲「兼備眾體」，似乎有意以此評判，讓李、杜優劣有了層次上的區別。其論述背景顯然仍受宋代以降杜甫造神運動的影響，而有如此的判斷。另外，在唐詩各期詩作的評價方面，又有「唐詩之盛」與「晚唐纖巧浮薄」的分野，這種揚盛抑晚的唐詩史觀，與嚴羽的主張一致。不過仔細分析《吟法玄微》的唐詩史觀與《滄浪詩話》仍有相異之處，如其對唐詩各時期的斷限分野，與嚴羽的看法即有所出入。以韓愈爲例，《吟法玄微》將他置於晚唐詩人之列，文中雖然給予韓愈頗高的評價，以爲其於晚唐一片「留連光景」的詩風之中，具有轉變時風的關鍵地位。這樣的認識理解與畫分方式，都與嚴

〔註 22〕同上註，頁 265～266。

羽有所不同。

故其唐詩史觀，與嚴氏之說也略有出入，但對有唐一代詩體風格的多元認識，立場倒頗爲相近。

另外，在詩歌本體論上，《吟法玄微》強調詩爲德性之所發，是站在「有德者必有言」的先驗立場發聲：

> 大概詩原於德性，發於才情，心聲不同，有如其面。〔註 23〕

他雖也肯定個人才情對於詩風具有決定性的作用，但其根源卻與詩人的德性修養的厚薄有關。配合上述引文，可以發現是書對於儒家詩學的取鑑。所以，對儒家詩學傳統的重新認識，可謂爲《吟法玄微》等格、法作品，有別於《滄浪詩話》的最大特色所在。

另外，在創作論上，《吟法玄微》以爲詩有「法度」、「神意」兩個層次：

> 故法度可學，而神意不可學。是以太白有太白之詩，子美有子美之詩，昌黎有昌黎之詩，各成一律，有不可強而同者。〔註 24〕

其中，作詩之「法度」可學而致，但詩之「神意」卻無法習而得之。而詩的「神意」，正是典範作家爲後人難以踰越的關鍵所在。不過在先天稟賦與後天學習之間，作者雖主用學，卻還是承認詩歌創作仍有某種稟賦、質素是人們難以改移的。

最後，在唐以後的詩史觀中，《吟法玄微》有以下的論述：

> 詩至唐而盛，而莫盛於盛唐。李、杜則又其盛也。由晚唐而至於宋，其所尚者不在於詩。歐陽以其文章議論爲之，是又詩法之一變。其間如荊公、後山、簡齋數人，則一代之傑然者。至南渡而弊益甚矣。高者刻削矜持太過，卑者模仿掇拾爲奇。深者撮怪鉤玄，至不可解；淺者杜撰張皇，有類俳優。至此而古人作詩之意泯然。夫合唐、宋之詩而論之，唐人以詩爲詩，宋人以文爲詩。以詩爲詩者，主於

〔註 23〕同上註，頁 265～266。
〔註 24〕同上註，頁 265～266。

> 達性情，故去《三百篇》爲近；以文爲詩者，主於立議論，故去《三百篇》爲遠。此唐、宋之所以分也。〔註 25〕

作者以爲詩歌發展至唐代允稱高峰，其間又以「盛唐」爲最。至於盛唐詩人中，李、杜爲其冠冕。這樣的詩史認識，與嚴羽主張頗爲一致。當然，高標李、杜、崇舉盛唐，似乎也成了元代格、法之作的論詩公式。

接著作者談到唐、宋詩歌的評價問題。《吟法玄微》以爲，晚唐以後文人所用心經營的文體已經不在詩歌之上，所以造成了詩格陵夷的現象。當歐陽修進行「以文爲詩」的創作嘗試後，詩歌風格爲之一變，雖仍有少數傑出之士登步詩壇，但其成就已不復唐人。不過相對於嚴羽全面貶抑宋人詩作的態度，《吟法玄微》顯然能以更爲客觀的角度重新審視宋詩，並給予適當的評價，故文中對王安石、陳師道、陳簡齋等人仍多所稱許。至於宋詩發展爲作者所詬病者，則在於南宋之後詩壇出現的刻削、模擬、好尙怪奇等流弊，與前述宋詩大家是有所區隔的。

最後在唐、宋詩的評價上，作者提出了頗爲精確的概括，以爲唐人特色在於「以詩爲詩」，宋人特色在於「以文爲詩」；前者達性情，後者立議論，故二者有著截然不同的區別。這樣的判斷，可謂是嚴羽辨別唐、宋詩體製的進一步發展。不過，文中「去《三百篇》爲近」、「達性情」之謂，較多是本於儒家詩學主張出發，與嚴羽強調「吟咏情性」、主尙興趣的審美主張有著根本性的區別。於此，聯繫《詩人玉屑》以降直至元代中後期的詩學著作，都可發現以儒家詩學傳統矯嚴羽詩論之偏的現象，此一調和也使宋元詩家逐漸開展出自己的理論特色。

四、《詩家一指》對《滄浪詩話》的接受

《詩家一指》又題《詩家指要》，爲元代著名的格法著作。其作者或題爲范梈所撰，或逕以佚名標之，其著作權歸屬至今仍然難以確

〔註 25〕同上註，頁 266。

認。是書分爲「十科」、「四則」、「二十四品」、「普說」、「三造」五個章節。在元代格、法著作中，此書與《滄浪詩話》的聯繫，也是關係較緜密者。

首先，在詩禪關係上，《詩家一指》說：

> 詩猶禪宗，具摩醯眼，一視而萬境歸元，一舉而群魔蕩跡，超言象之表，得造化之先。夫如是，始有觀詩分。觀詩，要知身命落處，舉夫神情變化，意境周流，亘天地以無窮，妙古今而獨往者，則未有不得其所以然。由是可以明「十科」，達「四則」，該「二十四品」。觀之不已，而至於道。失求於古者，必法於今；求於今者，必失於古。蓋古之時，古之人，而其詩如之。故學者欲疏鑿情塵，陶汰氣質，遣其迷妄，而反其清眞。未有不如是，而所以爲詩者。學下手處，先須明徹古人意格聲律，其於神境事物，邂逅爵折，得其全理於胸中，隨寓唱出，自然超絕。若夫刻意創造，終虧天成；苟且經營，必墮凡陋；妙在著述之多，而涵養之深耳。然當求正於宗匠名家之道，庶幾可以橫絕旁流矣。

〔註 26〕

以禪喻詩爲《滄浪詩話》最鮮明的論詩特色，在《詩家一指》中，也以「詩猶禪宗」一語開啓了「詩」、「禪」關係的論述。其所謂的「具摩醯眼」，猶嚴羽所謂的「獨具隻眼」、以「識」爲先的主張。而「超言象之表，得造化之先」，追求的即是不滯於文字之上，涵渾、朦朧的美感，與嚴羽主尙「興趣」的境界相近。另外，在學詩進程裡，作者除了強調涵養情性外，還主張必須熟觀古人詩作、明徹古人意格聲律。所以《詩家一指》除了強調參、讀的涵養工夫外，更將學詩的方法落實於具體聲調、格律之上，使作詩一事不再虛無縹緲，無所依傍。由此可知，對具體詩法的關注是其有別於嚴羽詩論之處。不過，在以

〔註 26〕〔元〕佚名撰（或題范德機撰）：《詩家一指》（又題《詩家指要》），收入張健編《元代詩法校考》（北京：北京大學出版社，2001 年 9 月），頁 276。

「宗匠名家」之道爲依歸，強調博觀、涵養，期待「技進於道」的修養進程，在在表現出由「有法」之境升華至於「無法」渾涵之域的想望。這也是嚴羽主漸修、待頓悟的工夫進程。所以在工夫論上，二者之間實有頗爲相似的修養主張。

另外在〈三造〉篇中，共錄二十六則論詩話語，其中二十則有出處可考，基本上是從《滄浪詩話》、《白石道人詩說》及《詩人玉屑》中雜抄而出。〔註27〕該篇首則即云：

> 詩入門之正，行有未至，可加心力，路頭一差，愈騖愈遠。故曰：學其上，僅得其中；學其中，斯爲下矣。凡《三百篇》以降，經史諸書韻語，楚辭、古詩、樂府、李陵、蘇武、漢、魏、晉人語，皆須熟讀，次取李、杜、盛唐名家菁華，枕藉鈎貫，橫流胸中，久之自然悟入。雖未至，亦不失。楚、漢、魏、晉、盛唐諸作，斯禪宗最上乘；大曆以還，已落二義；晚唐則聲聞辟支。禪在妙悟，詩道亦然。悟有三：有透徹，有分解，有一知半解。後取諸名家熟參，倘由是而無見焉，是爲外道異端蔽其眞識，終非藥石可能救之病也。〔註28〕

此段文字幾爲〈詩辨〉首章略加改益而成。文中「熟讀」、「悟入」，甚至以禪喻詩云云，皆同於嚴氏之說。不過，《詩家一指》在「熟讀」的對象中加入了《詩經》、「經史諸書韻語」作爲習詩的起點，可知是書欲在儒家詩學觀點與嚴羽詩論做一折衷。另外，對於「悟入」工夫，《詩家一指》說道：

> 學者須熟看古人，求其用心處，久久自然一有個道理。悟入必自功夫中來。先參李、杜，如佛正宗，次第方及諸法。〔註29〕

〔註27〕參見張伯偉：〈元代詩學僞書考〉，《文學遺產》（1997年，第3期），頁70。

〔註28〕〔元〕佚名撰（或題范德機撰）：《詩家一指》（又題《詩家指要》），收入張健編《元代詩法校考》（北京：北京大學出版社，2001年9月），頁293。

〔註29〕同上註，頁297。

> 凡作要悟入處。志爲主，氣爲輔，詞爲衛。挹之而源不窮，咀之而味愈長。〔註30〕

「悟入必自功夫中來」、「凡作要悟入處」，此一入處，或落實於參究唐賢經典，或吸納杜牧詩論之語強調「志爲主、氣爲輔、詞爲衛」，對精神主體養成的重視，使其在接受嚴羽詩觀之外另有增益、補充。其他借鑑嚴羽詩論而與禪學相關者還有：

> 看詩當具金剛眼睛，庶不眩於旁門小法。辨家數如辨蒼白，方可與言詩。〔註31〕

此段文字係結合〈詩法〉與〈答出繼叔臨安吳景仙書〉，另成此語。當然對「辨體」識力的強調，也是《詩家一指》等格、法詩學著作所著意、留心之處。其他與禪喻有關者還有：

> 用事要如禪家語，水中著鹽，飲水方知鹽味。……句中有眼，如《華嚴經》舉果善知因，譬如蓮花，方其吐花而葩，已具蕊中。〔註32〕

談到「用事」技巧時，《詩家一指》強調須如「水中著鹽」化用無跡。文中除借鑑禪語之外，另將《華嚴經》也一併納入討論。可見《詩家一指》作者對於佛學的廣泛認識與喜好。

此外，《詩家一指》在創作論上對嚴羽詩論也是多所取鑑。如「四則」之中，有所謂「法」，其曰：

> 猶陶家營器，本陶一土，而名等差非一，然有古形今制之別，精朴淺深之殊，貴各具體用形制之似爾。詩則詩矣，而名制非一。漢晉高古，盛唐風流，西昆穠冶，晚唐華藻，宋氏乖鎪。洎西江諸家，造立不等，氣象差殊，亦各求其似者耳。〔註33〕

《詩家一指》以製陶之「範」，指喻「古形今制」之別，故詩之創作必有所「法」。其間談到漢晉、盛唐、西昆、晚唐、宋詩的區別，分以「高

〔註30〕同上註，頁298。
〔註31〕同上註，頁299～300。
〔註32〕同上註，頁301。
〔註33〕同上註，頁282。

古」、「風流」、「穠冶」、「華藻」、「乖鎪」冠之，允稱妥切。這裡尤需注意的是，《詩家一指》也以爲時各有體，所以會出現「氣象差殊」的現象，而後世學者須「各求其似」，此段話實透露著濃濃的「師古」意味。

另外，在細部作詩方法的見解上，《詩家一指》說：

> 對好易得，結好不可得，起好尤不可得。發端忌作舉止，收拾貴有出場。不必太著題，不必多使事。韻不必有出處，字不必拘來歷。字貴響，語貴圓，意要透徹，不可隔靴搔癢。語要脫灑，不可拖泥帶水。語直意淺，脈露味短，音韻散緩迫促，皆爲詩之病。〔註34〕

係雜匯嚴羽〈詩法〉中幾項言及詩法、詩病的文字融成此段，可見是書對《滄浪詩話》詩法的普遍接受與認可。

除此之外，《詩家一指》還強調「欲學作詩」應「先識體製」：

> 學者須先識古今體製雅俗向背，更洗盡腸胃間宿生葷血脂膏，然後可以去穢濁而入芳潤，由是而眞得矣。〔註35〕

此段文字係本朱熹〈答鞏仲至書〉之語，強調學詩須先識體製的重要性。而「體製」在嚴羽〈詩辨〉之中名列「五法」之首，在《滄浪詩話》中更是多次出現，可見嚴羽對「體製」的看重。而《詩家一指》強調「體製」的重要性，恰與嚴羽主張相同。

另外，在學習方法上，《詩家一指》主張：

> 學無他術，惟勤誦參請，勉於有爲。學者先須除淺異鄙陋之象，句叛而不叛於理，言簡而意不遺。觀者要識安身立命處始得。要在氣象，不可尋枝摘要。貴在詞理意興，有尚詞而病理，尚理而病意。唐以詩取士，故多專門；每以意興爲主，而理在其中。漢魏之詩，詞理意興，無跡可尋。〔註36〕

〔註34〕同上註，頁297。

〔註35〕〔元〕佚名撰（或題范德機撰）：《詩家一指》（又題《詩家指要》），收入張健編《元代詩法校考》（北京：北京大學出版社，2001年9月），頁299。

〔註36〕同上註，頁300。

《詩家一指》以爲學詩原則在於「惟勤誦讀，勉於有爲」的工夫積累上。不過其留心的重點並不在細部枝節問題之上，而是在整體氣象的掌握。如同嚴羽在〈詩評〉中以「詞」、「理」、「意」、「興」等元素，辨別漢魏、南朝、唐人、本朝詩風一般，《詩家一指》強調是如唐人以「意興」爲主而「理在其中」，或如漢魏古詩「詞理意興，無跡可尋」的高妙境界，並不在「詞」或「理」上用工。此一觀點也是從嚴羽詩論繼承而來。

《詩家一指》其他關於具體創作規範的還有：

> 語貴含蓄，言有盡而意無窮者，天下之至言也。體物不欲寒乞。須參活句，不參死句。〔註 37〕

文中「參活句」、「不參死句」也是嚴羽論詩的話頭。而語貴含蓄，言有盡而意無窮者，也是嚴羽詩論追求的審美境界。

其他，如詩史觀的態度，《詩家一指》曰：

> 大曆以來，高者尚未失盛唐，下者已入晚唐，下者已有宋氣也。唐與宋未論工拙，直是氣象不同。蓋不知有病，何由能作，不觀家法，何由知病，大醇小疵，差可耳。〔註 38〕

而《滄浪詩話・詩評》則謂「大曆之詩高者尚未失盛唐，下者漸入晚唐矣。」〔註 39〕此處文字的改動，加入了大曆以降詩歌下開宋詩格調的敘述。的確，從文學史發展的軌跡看來，宋人以文爲詩、以議論爲詩等特色，都可以在部分唐人詩作中找到源頭，尤其是杜、韓二人在宋代的詩學視野中特別凸出。而宋詩有取二人者，更多著眼於破體爲詩、自成一家的創作主張。所以，《詩家一指》除了保留了中唐不及盛唐的評價判斷，更將晚唐、宋詩與大曆之後新變的詩風傾向作聯繫，只可惜其間緣由卻與嚴氏一般缺乏深入的論析，但其判斷基本上

〔註 37〕同上註，頁 299。

〔註 38〕〔元〕佚名撰（或題范德機撰）：《詩家一指》（又題《詩家指要》），收入張健編《元代詩法校考》（北京：北京大學出版社，2001 年 9 月），頁 300。

〔註 39〕〔宋〕嚴羽：《滄浪詩話・詩評》七。

仍屬精確。另外，《滄浪詩話・詩評》中有「唐人與本朝人詩，未論工拙直是氣象不同」〔註40〕之句，強調唐、宋詩的體貌分野，而這樣的氣象判斷，也被納入、組接在引文之中。而第三部分關於「詩病」的文字，則是語出《白石道人詩說》。從此現象看來，前者論盛、晚唐詩，其次論唐、宋詩，勉強可從詩歌氣象、體貌的判斷接合在一塊兒。但接續姜夔論詩病之後，後面討論者就轉爲《詩人玉屑》、《金鍼詩格》等詩法課題。這也可以清楚看出元代格、法一類的作品隨意組接、安置的雜亂現象。

另外，在李、杜評價上，《詩家一指》在「二十四品」中，曾表示：

> 偏者得一偏，能者兼取之，始爲全美。古今李、杜二人而已。〔註41〕

以爲此二十四種詩歌風格，只有李、杜二人能夠兼取。但在《滄浪詩話》中，嚴羽花費了頗多的篇幅論述李、杜二人各具特色，若如孫吳、李廣兵法，若具沉鬱、飄逸的風格特色。而《詩家一指》雖對李、杜二人甚爲推重，但其側重點在於能夠兼具多樣風格之上，而且作者將「李杜」視爲一個組合，故重在論述其同，而嚴羽論述其異，自然有所不同。至於將李白也視爲兼取全美者，則是從詩藝的角度提升其位階，使其除卻天才橫逸的評價外，更在文字藝術的層次也與杜甫並駕齊驅。

另外，在詩歌本體論的認識上，《詩家一指》說：

> 詩，情性也，羚羊挂角，無跡可求，所以妙處，瑩徹玲瓏，不可湊泊，水中之月，鏡中之象，萬折東流，千燈一空，言有盡而意無窮，由思惟而思惟者也。近代之作奇特解會，往往以才學文字議論爲之，夫豈不工，而於古人情性愈覺

〔註40〕同上註：《滄浪詩話・詩評》五。

〔註41〕〔元〕佚名撰（或題范德機撰）：《詩家一指》（又題《詩家指要》），收入張健編《元代詩法校考》（北京：北京大學出版社，2001年9月），頁283。

遠矣。嗚呼，詩之道湮亦久矣。〔註 42〕

對於詩歌本體，此書仍舊本嚴氏之說以「情性」、「興趣」爲依歸，不過在文字上略有改易。如「萬折東流」、「千燈一空」是此書作者對於詩境的具象形容，重在「以一總多」，強調言、意之間的多義體會。另外，「由思惟而思惟者」則與佛禪之說有關，作者對於詩、禪關係的指喻顯然深表贊同，只是在強調作詩的「思惟」能力的同時，其重視「理性」色彩也就表露無遺了。至於「奇特解會」云云，也是語出〈詩辨〉，從作者對宋詩以才學、文字、議論爲務的批評看來，是書所重視的仍是詩歌「情性」之有無。不過與嚴羽略爲相異之處在於《詩家一指》明確指出以「古人情性」爲追求目標，嚴羽雖也主張取法前人高式，卻未逕以古人情性作爲追求標的，所以二書雖皆流露出濃濃的習古之氣，但在程度上是略有區別的。

除了「情性」、「興趣」之外，《詩家一指》也相當重視儒家「風教」的功能，強調道德、倫理對於詩歌的規範：

> 古作所以不可及，處其剛柔緩急哀樂之間，風教則存乎其中矣。〔註 43〕
>
> 詩，言當正其心，心正則道德仁義之語，高雅溫厚之氣，自具於言辭之表。卒與景遇，備以成章，不假繩削，故非常情所能到。思苦言艱，僞詐氣象，終不逃識者之藻鑒云。〔註 44〕

所以在本體論的立場上，《詩家一指》有接受嚴羽之處，也有修正嚴羽之處。是書以爲古詩在字裡行間已蘊藏「風教」之意在其中，「正心」是詩歌創作的本原，「心正」才能將道德仁義外化爲言辭，才能具現高雅之氣於言辭之表。從此可以看出作者非常重視詩歌實用、淑世的功能。所以，詩歌不只是一己、一時情性的發抒，而應服膺道德、理性的規範，發揮淨化人心、落實風教的實用功能。如此見解，顯然

〔註 42〕同上註，頁 294。
〔註 43〕同上註，頁 304。
〔註 44〕同上註，頁 304。

與嚴羽不言儒家風教、道德的立場相左。這也可以作爲元代主流詩學對儒家思想回歸的又一例證。

另外一如嚴羽對孟、賈苦吟一派的批評，《詩家一指》對「思苦言艱」的創作過程也不表贊同，尤其對矯作僞詐、缺乏眞情的作品更是諸多批貶，此類作品雖然在外在形貌、體製符合詩歌的形式標準，但若缺乏眞實的情趣、體驗，終究躲不過「識者」的法眼。

其他《詩家一指》與《滄浪詩話》相勾連處還在於「十科」中的幾項定義上。所謂「十科」，分指「意、趣、神、情、氣、理、力、境、物、事」。如其云「趣」時曰：

> 意之所不盡而有餘者之謂趣。是猶聽鐘而得其希微，乘月而思遊汗漫。窅然眞用，將與造化者周流，此其趣也。〔註45〕

從這段文字可以發現，有無「詩趣」的關鍵在於詩歌是否具有含蓄不盡的「餘意」，這與嚴羽「興趣說」追求「言有盡而意無窮」，強調繞樑餘韻的境界頗爲近似。而後文中提到「聽鐘」、「乘月」之喻，強調的是感悟自然、活潑流動的詩味。在詩趣的具象形容上，是書較嚴氏之論要來得豐富具體，不過在追求含蓄不盡的審美境界上，二者立場仍頗一致。

其次，在「格」項下曰：

> 所以條達神氣，吹嘘興趣，非音非響，能誦而得之。猶清風徘徊於幽林，遇之可愛；微徑縈紆於遙翠，求之愈深。〔註46〕

此段文字可以作爲「興趣」說的補充，此處所形容的是一種詩歌整體的美感質素，它的展現不在於具體字句、聲律之中，而是以一種宏觀的姿態，含籠於詩歌文字之外，是一種整體的氛圍感受。如清風徘徊於幽林，令遊人行至其中，能深刻感受其清爽、自在，而這也是詩作「可愛」之處。不過從「誦」字可以推想作者強調涵詠詩歌，以爲在反複誦讀之後自然能積累出鑒別詩歌體示的特別能力。另外，「遇」

〔註45〕同上註，頁278。
〔註46〕同上註，頁283。

字也不宜輕率讀過，因爲由「遇」字可知此鑒別能力並非力強可致，而帶有部分神秘感的偶發色彩。

另外，在「字」項下曰：

> 一字之妙，所含趣之微；一詩之根，所以生一字之妙。故夫圓活善用，如樞機；溫淨自然，如瞻佩玉。〔註47〕

則又具體將「趣」落實在「字」詞的斟酌之上，以爲一個精巧的字詞安置，能夠透顯出文字以外的微妙效果，作者以「樞機」爲喻，強調圓活、自然的審美規範，而用字是一切的根本、「字」是詩境之所由生的本體。所以，要以靈活通透爲原則，以自然溫淨爲依歸，於此才能掌握詩歌所含蘊的趣味。

行文至此，吾人可以發現，《詩家一指》對於詩「趣」這個課題頗爲關注，並且在「趣」的本質、特徵等方面，都有相當精闢的見解與發明，而這也是對嚴羽「興趣」說的延伸發展。

另外，「神」項下曰：

> 其所以變化詩道，濯煉性情，會秀儲眞，超源達本，皆其神也。〔註48〕

「詩而入神」是嚴羽論詩的終極境界，但在《滄浪詩話》中只以「至矣！盡矣！蔑以加矣！」等語讚嘆之。而此處所謂「濯煉性情」、「會秀儲眞」、「超源達本」則是將「神」的概念，作進一步的發揚闡釋：要磨洗性靈、要積累詩材、要跳脫形跡，要具體展現「變化詩道」的通脫之境，才能達到「神」的境界。

另外，「情」項下曰：

> 是由眞心靜想中生，不必盡諭，不必不諭，猶月於水，觸處自然。神於詩爲色爲染，情染在心，色染在境，一時心境會至，而情出焉。〔註49〕

「色染在境」、「水月」之喻、「眞心靜想」、「不必盡諭」……等句，

〔註47〕同上註，頁282。

〔註48〕同上註，頁278。

〔註49〕同上註，頁279。

讀來有濃濃的禪意。除了強調靜觀、冥想的重要之外，「不必盡論、不必不論」更如佛家中道之說，去二端之執，而能超脫自由。在「見山是山」、「見山不是山」之後，臻於「見山又是山」的境界。至於水月之喻，爲嚴羽論詩頗爲精采之處，此處沿用，強調的是觸物自然的原則。而後「色染」、「情染」之說，更是十足佛家語，但此處所與詩歌比附者，乃在「一時心境會至」詩情乍至、偶然迸發的情境。把禪喻之說擴而充之，推展至其他詩論範疇，可謂是嚴羽以禪喻詩之說的進一步發揚。

五、《詩法正宗》對《滄浪詩話》的接受

《詩法正宗》舊題揭傒斯所撰，或題虞集所著，其作者至今仍有疑義。揭傒斯（1274～1344），字曼碩，龍興富州人（今屬江西豐城）。曾任翰林待制、集賢學士、侍講學士等官職，並奉詔修遼、金、宋三史，任總裁官，後因疾而卒。揭氏在世時，與虞集、楊載、范梈，同列元詩四大家，著有《揭文安公集》。

《詩法正宗》開宗明義即說：

> 學問有淵源，文章有法度。文有文法，詩有詩法，字有字法。凡世間一能一藝，無不有法。得之則成，失之則否。信手拈來，出意妄作，本無根源，未經師匠，名曰杜撰。正如有脩無證，縱是一聞千悟，盡屬天魔外道。〔註50〕

由此可知，作者相當強調詩法的重要性，以爲能掌握法度，方能有所成就，否則「信手拈來，出意妄作，本無根源，未經師匠」，只可謂之「杜撰」，毫無根柢。所以即便是資材特出之士，也須留心法度，否則即便學者悟力甚高，也只是旁門左道，盡是枉然。

至於何謂學詩之法？《詩法正宗》說：

> 若欲眞學詩，須是力行五事：一曰詩本、二曰詩資、三曰

〔註50〕舊題〔元〕揭曼碩撰（或題虞集撰）：《詩法正宗》（又題《虞侍書金陵詩講》），收入張健編《元代詩法校考》（北京：北京大學出版社，2001年9月），頁315。

詩體、四曰詩味、五曰詩妙。〔註51〕

這裡提出「詩本」、「詩資」、「詩體」、「詩味」、「詩妙」等，作爲詩人必修的五大要素。

首先，何謂「詩本」？《詩法正宗》說：

一曰詩本。吟詠本出情性，古人各有風致。學者，必先調變性靈，砥礪風義，必優游敦厚，必風流蘊藉，必人品清高，必神情簡逸，則出辭吐氣，自然與古人相似。〔註52〕

由此可知，在詩歌本體論的認識上《詩法正宗》與《滄浪詩話》相同，皆以吟詠情性爲詩之根源。另外，在學習目標上，也與嚴羽相同，皆以求得「古人風致」爲務。雖然其修養過程與嚴羽一樣，強調是「自然而然」、水到渠成而能與「古人相似」。但此一主張，其實犯了與嚴羽相同的矛盾，亦即詩歌究竟應張揚詩人個體情性？還是以表現古人風致爲先？兩者之中，一爲從己、一爲由人，實有難以調和之處。可惜在《詩法正宗》裡，並沒有針對此一問題作進一步的探討。

不過，在涵養功夫上，《詩法正宗》倒是提出具體的方法。一是「調變性靈、砥礪風義」，亦即主張透過學習調整改變詩人的性靈，而儒家「風義」的詩教，即是砥礪自我的準則。二要「優游敦厚」，意指詩人在情感表達上必須符合敦厚的原則，詩風表現則以優游不迫爲主。三要「風流蘊藉」，意指在詩風表現上，應以含蓄蘊藉爲上，切忌直露。四要「人品清高」，意指在人格品德方面，應以清高爲務，不可卑下。五要「神情簡逸」，也就是在詩歌的情性風貌上，追求一種簡逸的風格。作者以爲在經過這五點的涵養砥礪後，就能「出辭吐氣」與古人相似。所以《詩法正宗》對於詩歌本體的認識，最終仍以與古人相似爲落腳，這可謂是嚴羽「求與古人同」的主張的承繼發展。

二曰詩資。……蓋有才無學，如有良將而無精兵，有巧匠而無利器，雖材高如孟浩然，猶不能免譏，況他人乎。今

〔註51〕同上註，頁316。
〔註52〕同上註，頁318。

人空疏窘材料者，只是讀少、記少、講明少故也。〔註53〕

所謂「詩資」，討論的是「以學濟才」的課題，文中作者對時人因讀少、記少、講明少，以至於「空疏窘材料」的現象多所批評。作者以孟浩然才高卻窘於詩資爲例，說明唯有「才」、「學」並重方是正道。但相對而言，嚴羽在「才」、「學」關係的主張上，卻更富辨證性。《滄浪詩話・詩辨》謂：

夫詩有別材，非關書也；詩有別趣，非關理也。然非多讀書，多窮理，則不能極其至。(〈詩辨〉五)

在嚴羽看來，讀書、窮理雖是作詩要事，卻不是作詩的充要條件。此一說法係針對江西詩派資書以爲詩與理學詩派好言玄理的弊端而發。但嚴羽接著又補充說道「非讀書、窮理不能極其至」，其目的在於防治矯枉過正而走向鄙陋淺易的另一端。所以在「才」、「學」關係的認識上，嚴羽顯然避免落入偏於一執的窘境。不過，《詩學正宗》在作爲「學詩五事」之一的「詩妙」下也曾提到「經書語不可用，謂之抄書。至於說道理，字字著相，句句要好，謂之『作詩必此詩』，皆病也。」，〔註54〕所以作詩不可受經典、道理所縛，若著於皮相則失卻靈活透脫的生氣。由此可知作者追求的是一種「超脫如禪、飄逸如仙」的玄妙境界，所以兩相參看，或可補「詩資」條的不足。

另外，《滄浪詩話》與《詩法正宗》在討論「才」、「學」範疇時，都以孟浩然爲例，且都以「材高學少」作爲孟氏特色。但在對孟浩然的評價，卻出現了明顯的分歧。嚴羽以爲詩人創作，「妙悟」遠較「學力」要來得重要，故云：「孟襄陽學力下韓退之遠甚、而其詩獨出退之之上者，一味妙悟而已。」〔註55〕其於〈詩評〉中又提到：「孟浩然之詩諷詠之久，有金石宮商之聲。」〔註56〕可見嚴羽以爲孟浩然詩作甚具美感值得細細體味，其悟性也有過人之處。而《詩法正宗》則以「良

〔註53〕同上註，頁318～319。
〔註54〕同上註，頁322。
〔註55〕〔宋〕嚴羽：《滄浪詩話・詩辨》四。
〔註56〕同上註：《滄浪詩話・詩評》四十三。

將無精兵，巧匠無利器」喻孟浩然，當然對孟氏的鄙薄並非前無所承，在《後山詩話》中即載有蘇軾對孟浩然學力不足的批評，〔註 57〕《詩法正宗》顯然是接受了宋人著重資學的看法，故與嚴羽有不同的看法。至此，由《詩法正宗》主尙詩法，以及對孟浩然的批評之語，或可感受到《詩法正宗》的詩學主張與宋代主流詩學之間的密切聯繫。

當然，二者之間的歧異不免受到成書的時代背景所影響。嚴羽身處宋末，對於時人「以才學爲詩」多有不滿，才會有非關書、理的意見表示，這與其書旨在於「破」江西詩派之風的主張相牟合。不過在大「破」之後，嚴羽仍舊作出了補充、解釋，以爲在「才」、「學」二者之間，仍以並重爲上，只是提醒學詩者，切忌走上重學、尙理的偏鋒。而到了元代蒙人入主中原，文風相對澆薄，世人讀書風氣遠不如宋人興盛，表現在詩歌上，淺近、卑下就成了普遍的弊端。所以在此時代風氣之下，「詩資」的積累就成了矯逆時弊的必然主張，於是《詩法正宗》才會特別強調後天學習的重要性。

三曰詩體。

《三百篇》末流爲楚辭、爲樂府、爲〈古詩十九首〉、爲蘇李五言，爲建安、黃初，此詩之祖也。《文選》劉琨、阮籍、潘、陸、左、郭、鮑、謝諸詩，淵明全集，此詩之宗也。齊、梁、《玉臺》，體製卑弱，然杜甫於陰、何、徐、庾，稱之不置，但不可學其委靡。唐陳子昂〈感遇〉諸篇，高古簡遠，出人意表；李太白〈古風〉，韋蘇州、王摩詰、柳子厚、儲光義等古體，皆平淡瀟散，近體亦無拘攣之態，嘲哳之音，此詩之嫡派也。杜少陵古律各集大成，漸趨浩蕩，正如顏魯公書一出，而書法盡廢，言其渾然天成，略無斧鑿，乃詩家運斤成風手也，是以獨步千古，莫能繼之。其它唐人宋賢，奇作大集，固當徧參博採，難以偏學。〔註 58〕

〔註 57〕按：《後山詩話》：「子瞻謂孟浩然之詩，韻高而才短，如造內法酒手而無材料爾。」收入吳文治主編《宋詩話全編》（南京：江蘇古籍出版社，1998 年 12 月），頁 1021。

〔註 58〕舊題〔元〕揭曼碩撰（或題虞集撰）：《詩法正宗》（又題《虞侍書金

此處有關詩史發展的勾勒，可謂綜合嚴羽〈詩辨〉、〈詩體〉詩史進程而來，且更爲精細。只是，一如元人論詩必以《詩經》爲源頭，《詩法正宗》承此論述，故與嚴羽略有不同。其他，如由《楚辭》、古詩以降，終至杜甫集古、律之大成等，其詩史論述的建構也頗爲完備。不過，在李、杜詩的評騭上，此書似乎較推許杜甫。因其論及李白時，只推崇李氏的〈古風〉之作。而對於杜甫，則是以集眾體之大成評價之。另外，引文中還引顏魯公書法用以論詩，與嚴羽〈答出繼叔臨安吳景仙書〉：「盛唐諸公之詩如顏魯公書，既筆力雄壯，又氣象渾厚，其不同如此」相類，只是一言杜詩的渾然天成、略無斧鑿之痕，一言盛唐諸公，氣象之渾厚罷。從此可以看出《詩法正宗》在李杜優劣論上所持的立場。

> 四曰詩味。唐司空圖教人學詩，須識味外味，……人之飲食，爲有滋味，若無滋味之物，誰復飲食之爲。古人盡精力於此，要見語少意多，句窮篇盡，目中恍然別有一境界意思，而其妙者，意外生意，境外見境，風味之美，悠然辛甘酸鹹之表，使千載雋永，常在頰舌。今人作詩，收拾好語，襞積故實，秤停對偶，遷就聲韻，此於詩道有何干涉？大抵句縛於律而無奇，語周於意而無餘。語句之間，救過不暇，均爲無味。〔註 59〕

文中作者強調的是追求一種「意外生意」、「境外見境」、「悠然辛甘酸鹹之表」的雋永情韻。並指出作詩若縛於句律，則平凡無奇；語太周密，則殊乏餘韻。所以如何營造言有盡而意無窮的詩味境界，才是詩人所應留心之處。這些觀點與司空圖味在酸鹹外、嚴羽羚羊挂角無迹可求的主張也頗爲相近。只是《詩法正宗》所求之味是平淡中所求之「眞味」，是一種「初看未見，愈久不忘。」〔註 60〕的天下至味，這

陵詩講》)，收入張健編《元代詩法校考》(北京：北京大學出版社，2001 年 9 月)，頁 319～320。

〔註 59〕同上註，頁 321。

〔註 60〕同上註，頁 321。

種對於「平淡」風格的好尚，與歐陽修以「橄欖」喻詩的風致頗爲合契。

> 五曰詩妙。詩妙謂變化神奇，遊戲三昧。任淵謂：「看後山詩，如參曹洞禪，不犯正位，忌死語。」……劉賓客謂詩者，人之神明，謂當神而明之，大而化之，如林間月影，見影不見月；如水中鹽味，知味不知鹽；如畫不覩形似而覩蕭散淡泊之意；如字不爲隸楷而求風流蕭散之趣。超脫如禪，飄逸如仙，神變如龍虎，抵掌笑談如優孟，詼諧滑稽如東方朔，則極玄造妙矣。〔註61〕

其中言及「詩妙」的境界，雖非襲用嚴羽之語，但在境界的描述上，卻與嚴氏主張頗爲相近。「林間月影」、「水中鹽味」之喻，用以形容擺脫形跡的「蕭散之趣」。作者以「超脫如禪」的立場，指喻詩境變化的自由、神奇，也與嚴羽借禪爲喻的批評路徑相似。

從《詩法正宗》五大主張的分析中可以發現該書存在著調和唐、宋，溝通嚴羽、江西詩學的色彩。

六、《詩宗正法眼藏》對《滄浪詩話》的接受

《詩宗正法眼藏》舊題揭傒斯所撰，或題佚名。其書名以「詩宗」與「正法眼藏」名書，已然揭示其與佛教關係。佛典中曾記載釋迦牟尼在靈山法會「拈花微笑」的故事，在一瞬間，已將正法眼藏盡傳予大弟子摩訶迦葉尊者。這種以心傳心的度化方式，正是本書立名的由來。而「詩宗」一詞，係以維護傳統詩學自居。是書共選十五首詩爲例，另於詩下附小註，講述作詩之法。篇首設有總論說明創作宗旨，詩例之後則附有論詩意見，但其內容與《詩法家數》全然相同，故不納入本小節討論範圍之中。

此書與《滄浪詩話》的關聯，首先在書名之上。嚴羽曾於〈詩辨〉中提到：「學者須從最上乘，具正法眼，悟第一義」，而本書作者或即

〔註61〕同上註，頁322～323。

以「具正法眼」喻指本書識見正確，具第一義的識見、體會，參究之將可了透最上乘的詩學原理，故本書得名由來與嚴氏主張有著相當密切的關係。

至於總論部分，其與嚴羽有聯繫者主要在於崇尚魏、晉、盛唐，特別是推尊杜甫的典範學習論。《詩宗正法眼藏》云：

> 學詩宜以唐人爲宗，而其法寓諸律。……然詩至唐方可學，欲學詩，且須宗唐諸名家，諸名家又當以杜爲正宗。蓋上一等是六朝，陶、謝爲高。陶意語自成，謝勢氣傳運，皆未易學。又上則建安、黄初諸人，其才掞出，一筆寫成，岳運培塿，海露岸角，高處極高，淺處極淺，亦時近古，古風未瀉，宜爾也。〔註62〕

是書開宗明義提出「學詩宜以唐人爲宗」與嚴羽「謂當直截以唐人爲法」立場一致。其後又云「詩至唐方可學」，而學詩之法在於「宗唐諸名家」，其中更以杜甫爲詩學正宗。這雖然與嚴羽李杜並尊的立場略有出入，但在大方向上，對唐人的推尊與嚴羽無異。接著作者以逆推的方式勾勒出詩史發展的脈胳，在唐人之上還有六朝、黄初、建安等時期，其中在六朝時期陶、謝二人分別以「意語自成」、「勢氣傳運」的特色不易爲後人所追步，故於詩史上允稱作手。《滄浪詩話》對於陶、謝二人甚爲推重，〈詩評〉中更多數處提及二人風格特色，而本書作者也相當推崇他們在詩歌發展史中的重要地位。至於建安、黄初兩個時期，作者雖曾推舉個別作家，但「一筆寫成」的評論與嚴羽以「不假悟」喻指漢魏篇什也有著相類似的看法。只是「亦時近古」、「古風未漓」之謂，似乎是以其距離先秦兩漢未遠，故古風猶存，由此可知本書隱然存有「格以代降」的傾向，且帶有濃濃的復古之風。這種推崇漢魏六朝詩歌，並以唐人爲宗的創作、鑒賞立場與嚴羽幾無分別。

至於推尊杜甫的言論，還有：

〔註62〕〔元〕佚名撰（或題揭曼碩撰）：《詩宗正法眼藏》，收入張健編《元代詩法校考》（北京：北京大學出版社，2001年9月），頁325～326。

> 且如看杜詩，自有正法眼藏，毋爲傍門邪論所惑。今於杜集中取其鋪敘正、波瀾闊、用意深、琢句雅、使事當、下字切，五七言律十五首，學者不可草草看過。如此去看古人詩，胸中所閱義理既多，則知近世詩卑氣弱，莫能逃矣。〔註 63〕

對於杜詩，作者歸納出「鋪敘正」、「波瀾闊」、「用意深」、「琢句雅」、「使事當」、「下字切」等特色，並提醒學者不能輕率帶過，必須深入體會。唯有仔細參究古人詩作，才能積累識見、義理，才能判斷詩風高下。嚴羽雖然沒有對杜詩的「鋪敘」、「波瀾」、「用意」、「琢句」、「使事」、「下字」等細節作出詳細的說明，但其強調參讀之後，始能自成手眼、得其「識」見的看法，也被《詩宗正法眼藏》所吸收。所以在短短數百字的「總論」裡，幾乎完全服膺嚴羽的詩學主張，而後所舉詩例，也盡爲杜甫律詩作品，其推崇盛唐、尤尊杜甫的立場可見一斑。故此書可謂爲嚴羽宗唐主張下，延續性的格法著作。

七、《詩法》對《滄浪詩話》的接受

黃清老（1290～1348），字子肅，號樵水，福建邵武人。黃氏曾師從嚴羽的學生嚴斗巖，爲嚴羽的再傳弟子，故其詩學主張頗受其師祖影響。黃清老《詩法》，原本是一封論詩的書信，故又稱〈答王著作書〉。此文論詩的核心就在於「妙悟」之上，與嚴羽詩論有著明顯的繼承關係。

其文開宗明義曰：

> 大凡作詩，先須立意。意者，一篇之主也。〔註 64〕

通常對於「意」的強調，是宋代詩評家的一貫主張，易曉聞曾說：「就論詩言之，大略六朝以上，多稱『言志』、『緣情』，唐人則喜言『興

〔註 63〕同上註，頁 326。

〔註 64〕〔元〕黃清老撰：《詩法》，收入張健編《元代詩法校考》（北京：北京大學出版社，2001 年 9 月），頁 336。

寄』、『興象』，至宋人才復主一『意』。」〔註65〕故主張揚唐抑宋的《滄浪詩話》即以「興趣」、「妙悟」爲重，對於「意」並不特予重視。而黃氏此處卻逕以「意爲一篇之主」起始，已可看出其詩學主張與宋代主流詩學的聯繫，也可嗅出其好尙與乃師相左的傾向。

黃氏接著又說：

> 意在於假物取意，則謂之比；意在於託物興辭，則謂之興；意在於鋪張實事，則謂之賦。但貴圓活透徹，辭語相頡頏，常使意在言表，涵蓄有餘不盡，乃爲佳取。是以妙悟者，意之所向，透徹玲瓏，如空中之音，雖有所聞，不可彷彿；如象外之色，雖有所見，不可描摸；如水中之味，雖有所知，不可求索。〔註66〕

黃氏以「假物取意」、「託物興辭」、「鋪張實事」爲比、興、賦的筆法特色，並在解釋完賦、比、興三者與「意」的關係之後，黃氏接著闡釋「意」與「辭」之間的聯繫。黃氏以爲要使「意在言表」、「圓活透徹」才有「涵蓄有餘」之味，才能達到「言外之意」的效果。而臻於「妙悟」者，必能達到此一空靈的境界，如空中之音、象外之色、水中之味，意雖可感、卻不質實而死於句下。其中「水月鏡象」之喻，出自嚴羽〈詩辨〉而加以敷衍擴充。二者追求的都是不可描模、求索的詩境，對於語辭、文字的超越，是其師承的一貫主張。所以在吸納主「意」的宋詩評論見解外，對於詩歌美感的基本要求，黃氏的立場仍是堅定不移的。

不過，在黃清老的詩學體系中，「妙悟」除了與「意」有關外，還落實在「句」的層次作討論。《詩法》云：

> 意既立，必須得句。句有法，當以妙悟爲上。第一等句，得於天然，不待雕琢，律呂自諧，神色兼備。奇絕者，如孤崖斷峰；高古者，如黃鐘大呂；飄逸者，如清風白雲；

〔註65〕參見氏著：《中國詩句法論》（濟南：齊魯書社，2006年1月），頁3。

〔註66〕〔元〕黃清老撰：《詩法》，收入張健編《元代詩法校考》（北京：北京大學出版社，2001年9月），頁337。

> 森嚴者，如旌旗甲兵；雄壯者，如千軍萬馬；華麗者，如奇花美女：是爲妙句。

對於句法，黃氏也以「妙悟」爲上。在句法層次所討論的「妙悟」，以能識「第一等句」，能得於天然、不待雕琢，卻音律諧婉，神采兼具之句方能稱之。其句意的展現，主要有奇絕、高古、飄逸、森嚴、雄壯、華麗等多種風格，這些論述都是黃氏《詩法》對「妙悟」說的新穎發明。

除了「句法」之外，「字法」也有「妙悟」之處：

> 句既得矣，於句中之字，渾然天成者爲佳。下字必須清，必須圓，必須活，必須響，與一篇之意、一句之意相通，各自卓立，而復相成，是爲本色。若了達生死之句，其字宜高古，宜眞率；洞觀天地之句，其字宜籠放，宜開闊，宜雄渾；剖出肺腑之句，其字宜沉著，宜痛快；寄興悠揚之句，其字宜涵蓄不露，宜優遊不迫；隔關寫景之句，其字宜精工，宜神奇，宜飛動，宜變化，宜峻峭，宜飄逸，每每有似眞非眞，似假非假，若有若無，若彼若此之意，爲得之。〔註67〕

文中論及字法，仍以「渾然天成」爲尚。其中「清」、「圓」、「活」、「響」皆是嚴羽論及詩法時的用語。當然字法最終要能與一篇之意、一句之意相通，才能展現詩之「本色」。接下來黃氏說明各種不同的句意要求，對於字法上的規範爲何？如「了達生死之句」，其字宜「高古」、宜「直率」，「洞觀天地之句」，其字宜「籠放」、宜「開闊」、宜「雄渾」。也就是不同的句意，就有不同的字法要求。從《木天禁語》對於「氣象」、「家數」的具體分析後，對於詩歌風格的掌握日漸細密。到了黃清老《詩法》中，辨析則更深入，不同的句子，就須搭配不同的字法，才能呈顯出多樣、變化的風格特色。

最後黃氏還說：

> 總而言之，一詩之中，必先得意；一意之中，必先得句；

〔註67〕同上註，頁339。

> 一句之中，必先得字。先得意，後得句，而字在乎其中，不待求索者，上也。〔註68〕

所以「意」、「句」、「字」三者，實則存在著從屬關係，前者規範後者，以意爲樞鈕統攝，若能達到天成契合、不待求索的自然化境，詩之「妙悟」即在於此。反之，如果未能臻於天然渾成的化境，那麼就要特別留意「詩病」的產生。

> 故意也，句也，字也，三者全備，爲妙悟。意與句皆悟，而字有虧欠，則爲小疵。若有意無句，則精神無光；有句無意，則徒事粧點。句意俱不足，而惟於一字求工，何足取哉！然意之所忌者，最忌用俗，最忌議論。議論，則成文字而非詩；用俗，則淺近而非古。句之所忌者，最忌虛中之虛，實中之實。須虛中有實，實中有虛。字之所忌者，最忌粧點，最忌襯貼，蓋非本句之所有，而強牽合以成之，是又不可不知。詩法中千萬言語，大意皆不出於此矣。參之。杜陵復出，不易吾言矣。〔註69〕

黃氏以爲「意」、「句」、「字」對於一首詩的成敗，影響力有所不同。「字」的安置不妥，則是小瑕疵；「句」無法關照及「意」，將使詩歌黯淡無生氣；詩人若連最根本的詩「意」都無法掌握，而徒有「句」式，就只剩外在形式的粧點而無實質精神。最等而下之的莫過於「句意俱不足」者，只在一「字」之上求工，完全不足爲取。所以三者的重要性爲：「意」爲上、「句」次之、「字」又次之。

接著，黃氏對於詩「意」還有幾點規範，以爲「用俗」、「議論」最須避免，而對於此二者的排斥、指摘，與嚴羽批判宋人詩歌時的觀點相近。所以論詩之成毀，黃氏的判斷在借鑒時風取向之外仍與嚴羽詩學有著明顯的聯繫。

至於「句」，黃氏主張要「虛」、「實」並用、並濟，「板滯」是詩歌活潑生氣的最大殺手。「字」則要避免刻意經營，牽強安置將有害詩

〔註68〕同上註，頁339。

〔註69〕同上註，頁339。

之句、意，反而成爲敗筆所在。最後，黃氏充滿自信的表示，只要詳加參究「意」、「句」、「字」法之道，即便詩聖杜甫復活都會深表贊許。

總結而言，黃清老論詩雖重「妙悟」，但其對「妙悟」的詮釋已由嚴羽無跡可求、透徹玲瓏的化境，落實到「意」、「句」、「字」三個層次上來討論，並以三者全備者爲「妙悟」之極。這樣的修正，可謂是對江西詩派強調詩之用意、講究句法、字法的回歸，將嚴羽原本迷離恍惚的「妙悟」之說，變成可言而得、可感而致的工夫。

最後，作詩在立意、造句、用字之上，三者彼此關聯之極相輔相成。但在有跡可循的層次之外，黃氏仍以靈活變化、渾然天成爲追求理想，所以仍保留了詩歌應有之神韻、興味。以此觀察黃清老對「妙悟」說的修正、改造，可以說是嚴羽詩論在元代詩學中的另類轉換。

八、《詩家模範》對《滄浪詩話》的接受

《詩家模範》撰者不詳，其書之中頗多論詩意見與《滄浪詩話》有著密切的聯繫。其開篇提到：

> 詩者，雖是絺章繪句，卻能大包六合，高視千古。其妙處精思入神，恍恍惚惚，若有若無，千變萬化，不可端倪。自非胸中透徹，無些見地，說不出這一段流出肺腑的言語來，爲之奈何。須熟讀李、杜諸大家數詩，則思過半矣。〔註70〕

作者以爲詩歌雖具「絺章繪句」的特色，卻能「大包六合，高視千古」，其價值不應等閒視之。而對於詩歌精妙之處的概括，作者一如嚴羽以「入神」爲詩之極致許之。不過《詩家模範》進一步對此境界略作形容，以爲「精思入神」之作具有一種恍惚、朦朧、難以指實的美感。而對此美感的掌握，又回扣到嚴羽「熟讀」的工夫養成，必須從李、杜等大家詩中細細體味。作者強調要「胸中透徹」、要有所「見地」，才能有此體會。但其具體的進程——如何能「精神入神」？仍舊沒有

〔註70〕〔元〕佚名撰：《詩家模範》，收入張健編《元代詩法校考》（北京：北京大學出版社，2001年9月），頁417。

清楚、精確的說解。另外，文中還有一則與「入神」之說相關的文字，可以略爲補充此恍惚、邈遠之境：

> 措詞用意，起承轉摺，有支分派別者，驟看似不相關涉，故於無情中乃有情耳。貴在脈胳貫通，精妙入神。若隔靴搔癢，貪首失尾，無大意味，不足語此。〔註71〕

由此觀之，「精妙入神」的關鍵，與措詞、用意、結構（詩法）皆有關聯。要臻於「精妙入神」之境，必須築基在詞、意、法的經營之上，尤其需要總體宏觀的掌握，「脈胳貫通」才能入於化境。若執著在枝微末節的字詞、句法之上，以致於忽略了詩歌「意味」的提煉，就失卻了詩之爲詩的本原精神。

另外，《詩家模範》還對於詩美境界提出了幾點概括：

> 無言妙在渾厚平易，語少而意盡，興深而味長。風骨不凡，情景兩得，不奇而自奇。可與忘筌者道。〔註72〕

詩之妙在渾厚平易、語少意盡、興深味長，也就是以平易的語言傳遞豐富的美感經驗，唯有精煉、含蓄卻意味深長，文質兼具而情景兩得，並能凡中出奇者，就是詩歌創作的追求目標。而所謂「可與忘筌者道」，強調的仍是一種不執著於技法、原則，透脫自在的創作心境，更帶有靜心默會的體驗交流。

《詩家模範》以爲詩歌的本質在於作者「情性」，此說與嚴羽的主張相同。但除了「情性」之外，作者還補充了其他可以入詩的主題：

> 詩者吟詠情性也。而於登臨感慨懷思之際，又有說焉。則以我之所聞見，一一發於胸中，商榷古今山川人物，如何以一言而斷制之，豈徒吟詠情性而已。〔註73〕

由此可知，在眞情實感之外，凡觸物興感、緬懷詠史，甚或詩人胸中的聞見體會更是作詩的重要根源，要能「商榷古今山川人物」不僅僅

〔註71〕同上註，收入張健編《元代詩法校考》（北京：北京大學出版社，2001年9月），頁417。

〔註72〕同上註，頁418。

〔註73〕同上註，頁418。

是抒發一己性情而已，要能將作者的識見、胸次把握詩歌創作的精練原則，「以一言而斷制之」即是此意。這樣的工夫，並不是「吟咏情性」即可臻至。

至於具體的創作原則，《詩家模範》主張：

> 隨寓感興而爲詩者易，驗物切近而爲詩者難，故太近則陋，太遠則踈，要在平易和緩，而精切稱停，斯乃得之。〔註 74〕

配合上文「感慨懷思」之際，與此處「隨寓感興」之說，可知眞情實感係爲詩歌創作的本原動力，這與嚴羽強調詩歌「感動激發人意」的本原質素相同。不過此書在「作者」與「世界（宇宙）」二維之間強調了適度「距離」的重要性，太近則陋、太遠則疎，所以情感的表達應「平易和緩」。從上述種種跡象顯示，其與儒家中和思想、詩教傳統都有著相當程度的聯繫。

其他，書中還強調即景、起興的創作主張，並以此爲「唐人律詩」的特色：

> 唐人律詩，只是眼前景物，眼前說話，即是起興，寫將出來，便自有高下。有清新富麗者，有雄渾飄逸者，有纖巧刻削寒陋者。體製不一，音節亦異。〔註 75〕

作者以爲唐人律詩是詩人對外界事物反應的直截抒發，是即景起興後形諸於文字的自然篇章，在風格上有「清新富麗」、有「雄渾飄逸」、有「纖巧刻削寒陋」等不同的體貌。而不同的體製，就有不同的音節表現。其後，文中又提到「體製」與「聲音」的關係：

> 體製、聲音，二者居先。無體製，則不師古；無聲響，則不審音。〔註 76〕

由此可見「審音」、「辨體」、「師古」，恰爲本書作者所關心之處。在元人格、法之作中，對師古、音律、體製的重視，實已奠定明人格調詩說的基本骨架。而這也是《滄浪詩話》強調「上學」、「體製」、「音

〔註 74〕同上註，頁 417。
〔註 75〕同上註，頁 419～420。
〔註 76〕同上註，頁 418～419。

節」等詩法的進一步發展，所以元代格法之作實起著聯繫宋、明詩學間的橋樑作用。

在具體的詩歌體製方面，《詩家模範》也有同於《滄浪詩話》的判斷：

> 律詩難於古詩，絕句難於律詩。人各有所長。有專攻一律者，有體備諸家者。觀古人之詩而優劣自辨。蓋善作者猶陶人之造諸器，柸範在手，無不爲也。〔註 77〕

《滄浪詩話》〈詩法〉章嘗云：「律詩難於古詩，絕句難於八句，七言律詩難於五言律詩，五言絕句難於七言絕句」，〔註 78〕與上段引文具有一定程度的聯繫。不過《詩家模範》延伸出另外一個議題，即作家才能有高下之別，有能體備諸家、有專攻一律者。而其間的優劣，則待博觀古人之詩後，自然養成。作者並且以製陶的柸範爲例，以古人之詩爲「柸」、爲「範」，使學者有所師從，進能成體。這種「詩各有體」的範式觀念，以及借鑒前人經典，以之爲範式的主張，可謂是嚴羽「辨家數」如「辨蒼白」、師法高式的進一步主張。

在學習作詩的方法論上，《詩家模範》也主張「熟讀」、「詳味」古人好詩：

> 學者只把古人詩好爲法者篇篇熟讀而詳味之，因他題目，仿其體，和其意。和得一道，則記此一首，久久皆在胸中，即隨心應口，自體備諸家者。觀古人之詩而優劣自辨。〔註 79〕

「因題」、「仿體」、「和意」這些主張明確提出詩歌創作應從仿擬、因襲開始，在習擬各種體製之後，自然而然形成一種判斷的識見，進能備諸家之體，而能「觀古人之詩而優劣自辨」。當然，在對古人之詩的借鑒上，《詩家模範》較嚴羽要來的具體，嚴羽僅含混地交代學習的對象，並要人熟參、熟讀，《詩家模範》則要人從「詩題」、「詩體」、

〔註 77〕同上註，頁 420。

〔註 78〕〔宋〕嚴羽：《滄浪詩話．詩法》十五。

〔註 79〕〔元〕佚名撰：《詩家模範》，收入張健編《元代詩法校考》（北京：北京大學出版社，2001 年 9 月），頁 420。

「詩意」著手，以「因」、「仿」、「和」等方式具體實踐。故其主張又在嚴羽參、讀工夫上，更進一步。

另外，《詩家模範》也講「妙悟」：

> 詩無他技，一才學，二妙悟爾。學要力，悟要識。譬如學禪者不加向上一步工夫，安能覺得本來眞性？直至頂門透徹，則信手拈來，頭頭是道矣。〔註80〕

在積學以儲寶的工夫修養後才有妙悟的可能，所以作者明確指出學與悟間的次第進程：「才學」爲主、「妙悟」爲次，此說顯然有別於嚴羽「一味妙悟」的主張。當然，詩學格、法之作，本即爲學詩者的啓蒙讀物，故尚「學」係爲其本質上的根源意識。故作者扭轉了嚴羽以「悟」爲主、以「學」爲輔的順序，此一必要修正，正是其爲詩家之「模範」的目的所在。不過本書雖然在次第上做了根本性的調動，但在文字上「直至頂門透徹」……等詩禪之說，皆有嚴羽詩論有著密切的關係，故在承繼詩禪傳統上有其不可忽視的意義。

除此之外，《詩家模範》也談「材趣」：

> 詩有別才，非關書也；詩有別趣，非關理也。然不多讀書多窮理不能至也。昔人之論如此。〔註81〕

此段文字是直接《滄浪詩話》而來，不待贅言。但從「昔人之論如此」一句，可知嚴羽聲名在當時仍不顯赫，而其詩話論評之語卻已於文人圈中廣爲流傳，頗受重視。

其他，還有關於「學問」、詩中之「理」的討論：

> 詩貴含蓄，優柔不迫。大抵從學問中來，語句自然近理。以理爲主，以氣爲使，叫噪怒張，非詩道也。〔註82〕

從上述引文可以發現是書雜組嚴羽詩論、江西兩派詩學的痕跡。其中「叫噪怒張，非詩道也」乃黃庭堅論詩之句，而詩「從學問中來，語句自然近理」，也係江西詩派的論詩常譚。但段首「詩貴含蓄，優柔

〔註80〕同上註，頁419。
〔註81〕同上註，頁420～421。
〔註82〕同上註，頁418。

不迫」之語，又與嚴羽論詩主張合契，其間或有作者調合兩派見解的意圖，但也表現出格、法之作拼接、重組的痕跡。

落實在詩法的討論上《詩家模範》還有許多見解與嚴羽相關：

> 大段氣骨要雄壯，興趣要閒曠，語句要條暢，韻腳要穩當，字字要活相，篇篇要響亮。古今稱絕唱，不脫此模樣。〔註 83〕

嚴羽於〈詩辨〉之中曾以「體製、格力、氣象、興趣、音節」爲詩之五法，而此處則以「氣骨」、「興趣」、「語句」、「韻腳」、「用字」、「音節」爲關注的焦點。「雄壯」、「閒曠」、「條暢」、「穩當」、「活相」、「響亮」，則分別爲其追求的目標。從是書對於「用字」、「語句」的追求，較之嚴羽詩論則更著重在詩歌的法度之上。此處雖然也提及詩之「興趣」，但相對而言作者對詩的審美表現及意趣、興味的雖有所關懷，但其更著意者乃在於細部字、句、音、韻的安置經營之上。

再如：

> 詩之緊關在結句，結句無力，便沒和殺，不成片段也。中間又要有胸次，有氣魄，有法度，有節奏，有脈絡，有興趣，有議論，有警策，有感慨，有滋味，是爲作手。此詩遇會家吟，未易爲尋常道。〔註 84〕

對於句法的經營，也是詩法的重點之一。此處將「胸次」、「氣魄」、「法度」、「節奏」、「脈絡」、「興趣」、「警策」、「感慨」、「滋味」合論，讓「興趣」成了諸多要求中的一項，雖然也正視了詩歌審美要素「趣」的重要性，但與《滄浪詩話》視「興趣」爲詩歌主要的質素的觀點有所差異。

另外，關於「聲病」之說，《詩家模範》云：

> 有俗體，有平頭、回文、蜂腰、鶴膝、八音、白戰、齊梁間諸體，作之非惟不佳，崎嶇求合，殊失詩人之旨。〔註 85〕

《詩家模範》作者以「崎嶇求合，殊失詩人之旨」，指斥後人過分矜

〔註 83〕同上註，頁 420。
〔註 84〕同上註，頁 421。
〔註 85〕同上註，頁 420。

於聲律、形式，反而失卻詩歌應有的生命力。同樣的，嚴羽也曾針對四聲八病之說提出針砭：

> 有四聲，有八病（四聲設于周顒。八病嚴於沈約。八病謂平頭、上尾、蜂腰、鶴膝、大韻、小韻、旁紐、正紐之辨。作詩正不必拘此，蔽法不足據也）（《滄浪詩話．詩體》五）

文中小註「作詩正不必拘此，蔽法不足據也」，即表明了嚴羽對於執著聲病之說的批判立場。

其他，如「詩忌五俗」、棄俗崇雅的主張，對故實的引用採取「不必多使事」的觀點，在《詩家模範》之中也有進一步的發展：

> 詩忌五俗。俗氣不除，雖工何取？俗者，謂如齊東鄙野之人，而立于薦紳俎豆之間，覩其氣象，自不容，喋喋云乎哉。〔註 86〕
>
> 故事略引貼證爾，使多則堆垛。要在使得融化暗合道妙，不露斧鑿痕，是爲作家。造語須參古人妙處，不可太著題，不可太疏蕩。〔註 87〕

故可發現，在具體的詩歌創作：忌五俗、不著題、觀氣象等主張，都可看出《詩家模範》對《滄浪詩話》的承繼、發展。

最後在詩史觀的論述方面，《詩家模範》更是多所承繼嚴羽的觀點：

> 大抵學者要分別初唐、盛唐、中唐、晚唐及宋、元人詩，某也如何，某也如是。看得多，識得破，吟詠得到，審其音聲，則而象之，下筆自然高古。若拘拘法度，得其形而不得其神，無超變化，千章一律，抑又次焉。〔註 88〕

此處對於各時期詩歌的「辨體」能力，一如嚴羽所強調的，植根於「看多」、「識破」的工夫之上。等到學詩者吟詠日久、審其音聲，下筆自然有古人意趣。這種崇尚古人、博觀約取的主張，都可以在《滄浪詩

〔註 86〕同上註，頁 417。

〔註 87〕同上註，頁 418。

〔註 88〕同上註，頁 420。

話》中找到相符應的見解。再者，此處明確以「初、盛、中、晚」界分唐詩，更是對嚴羽「初唐、盛唐、大曆、元和、晚唐」五體分期的進一步發展，也成爲明代高棅「四唐」說的先聲。

在詩史發展上，《詩家模範》特別重視陳子昂、李杜二人的歷史地位：

> 始陳子昂、李、杜諸大家出，一掃六代之纖弱，以渾厚之風倡天下，而後世斷以唐詩爲宗，何也？無蹈襲雷同之弊，非流連光景之文。〔註 89〕

作者以爲此三人具有「一掃六代之纖弱」、矯以「渾厚之風」的功績，爲後世指引以「唐詩爲宗」的詩學明徑，而他們的詩歌具有眞情實感、獨創的精神，所以能邁越千古，成爲詩史的典範之作。故在襲步唐人詩作的主張上，與嚴羽高標李、杜的看法是一致的。

另外，在唐詩史觀的認識上，「開元」、「天寶」之詩也是《詩家模範》所傾心、追步的：

> 正者，盛治之音，皆安樂和平，如開元、天寶前之詩是也。非正者，元和以後詩是也。〔註 90〕

此處以「正者」、「非正者」作爲價値評斷的標準，與嚴羽不以世教、隆盛爲論詩依憑的態度，迥然有別。不過《詩家模範》對開、天時期詩歌的推崇，以及以元和爲斷限的論點，都與嚴羽相同。

總而言之，嚴羽追慕的是盛唐氣象、唐人興趣，但《詩家模範》卻將之落實在「治」、「亂」的政治背景下談，將「安樂和平」列爲評論詩歌的重要原則。故其受儒家詩學影響甚大，將詩歌的成就與政治的「治」、「亂」扣上必然的關係，以爲其間具有「反映」的關聯性。元和以後詩之所以不入於「正」，更深層的原因是以其國運式微，故無安樂和平之音所致。此觀點恰可與楊士弘《唐音》「以音論世」之說相參照。

〔註 89〕同上註，頁 420。
〔註 90〕同上註，頁 421。

九、其他元代格、法作品對《滄浪詩話》的接受

在元代格、法之作中還有一些零星、散見的見解與《滄浪詩話》有所關聯。如對於唐、宋詩風的分野，嚴羽有許多論斷如唐詩主興趣、尚妙悟；宋詩以文爲詩、以議論爲詩等對後世影響甚大。在《詩法源流》中則進一步以「以詩爲詩」、「以文爲詩」之別作爲唐、宋二體詩風的概括：

> 自五星聚奎而啓宋之文治。歐、蘇、王、黃出焉，其文章之餘，猶足以名世。後山、簡齋、放翁、晦翁、誠齋，亦其傑者也。然宋詩比唐，氣象敻別。今以唐、宋詩雜比而觀之，雖平生所未讀者，亦可其孰爲唐、孰爲宋也。蓋唐人以詩爲詩，宋人以文爲詩。唐詩主於達性情，故於《三百篇》爲近；宋詩主於立議論，故於《三百篇》爲遠。然達性情者，國風之餘；立議論者，國風之變，固未易以優劣也。〔註 91〕

作者以持平的角度主張宋詩自有其文學史的意義與價值，如歐公、蘇軾、王安石、黃庭堅、陳師道、陳與義、朱熹、楊萬里、陸游等，皆爲詩壇傑出者。不過唐、宋詩在氣象、體貌上，仍舊有根本性的區別。而此一分野，足以讓有「識」者，望而別之，孰之爲唐、孰之爲宋。其中「唐詩主於達性情」、「宋詩主於立議論」的判斷，已先見於《吟法玄微》之中，由此可知，以「溫柔敦厚」、「樂而不淫、哀而不傷」的詩教原則作爲唐詩特色，可謂是元人論唐詩的普遍認識。這種立足於政教觀點的論述，與嚴羽高揭審美藝術特質，有著極大的歧異。當詩歌被定位在雅正、詩教的層次談論時，嚴羽所追求的空靈、透脫之境的用心，也就隱而不彰了。

由此也可看出元人在接受嚴羽「揚唐抑宋」的詩史觀後，仍不斷地進行理論根柢的置換。表面上仍是「詩」與「文」的「辨體」討論，但元人抬出了《詩經》、詩教，作爲立論根基，與嚴羽著眼藝術審美

〔註 91〕〔元〕佚名撰（或題傅與礪述范德機意）：《詩法源流》，收入張健編《元代詩法校考》（北京：北京大學出版社，2001 年 9 月），頁 236。

的立場已大不相同。

另外，《滄浪詩話・詩評》曾提到：

> 或問唐詩何以勝我朝？唐以詩取士，故多專門之學，我朝之詩所以不及也。〔註 92〕

姑且不論嚴羽此說的當與否，但把「以詩取士」作爲唐詩之所以興盛的原因，秉承此一觀點的後繼學者亦所在多有。

> 唐人以詩取士，故詩莫盛於唐。然詩者原於德性，發於才情，心聲不同，有如其面。故法度可學，而神意不可學。是以太白自有太白之詩，子美自有子美之詩，昌黎自有昌黎之詩。其它如陳子昂、李長吉、白樂天、杜牧之、劉禹錫、王摩詰、司空曙、高、岑、賈、許、姚、鄭、張、孟之徒，亦皆各自爲一體，不可強而同也。〔註 93〕

此處一如上述論及唐、宋辨體時的處置方式，將儒家「德性」之說帶入了詩學領域的討論中。《詩法源流》中雖然有「法度可學」、「神意不可學」的主張，也說「太白自有太白之詩」、「子美自有子美之詩」，皆「各自爲一體，不可強而同也」，這些看似尊重詩人風格的評論，究其本源，卻是「原於德性」、「發於才情」，以其「心聲」之不同，才有各如「其面」的現象產生。嚴羽在《滄浪詩話・詩評》中，著眼於李、杜風格的不同，有了許多極爲精闢的判斷、見解。但其立論的根柢，都是從詩歌藝術本身出發，與「德性」無涉。所以在《詩法源流》中，作者對嚴羽詩論作了部分的修正，表面上仍是對多元風格的接受與認識，但根柢精神早已被悄悄置換了。

其他如《名公雅論》中也有幾條意見可與《滄浪詩話》並置齊觀。如：

> 初學必須步步要學古，作爲樣子模寫之，如學書之臨帖也。

〔註 92〕〔宋〕嚴羽：《滄浪詩話・詩評》八。

〔註 93〕〔元〕佚名撰（或題傅與礪述范德機意）：《詩法源流》，收入張健編《元代詩法校考》（北京：北京大學出版社，2001 年 9 月），頁 235。

歲月久，自然聲韻相合於古人矣。〔註94〕

以「學書臨帖」比附爲學詩之道，強調的是「歲月久，自然聲韻相合於古人矣」，這種積學方法與尚古精神，皆與嚴羽眞積力久、自然悟入的主張相近。

在《名公雅論》中還曾提及楊載論詩之語云：

學詩之法，先須思慕其爲人，平生履歷、操持、實踐、氣象，然後效其文章。不慕其爲人，是挹末流而不尋其源也。如讀釋氏典，不必就其言語上窮之。〔註95〕

此處以「讀釋氏典」爲例，喻示學者在學詩時不應就言語層次窮之，不須在枝微之處用力，而應探尋其本，從詩人的人格、操持入手。嚴羽好談的「氣象」，在此則回復至理學家「聖人氣象」的範疇，成了詩人雍容人格的展現。

另外，嚴羽論詩之「大概有二」之「優游不迫，沉著痛快」的評斷，也一再被格、法之作襲用。如《名公雅論》提及范椁論詩之語云：

優游不迫，沉著痛快。力全而不苦澀，氣促而不梟張。痛巧尚直，而神思不得直；繇言尚意，而典麗不得遺。《騷》、《選》、韓、杜爲之骨，十五《國風》、太白爲之黻藻。〔註96〕

其追尋的是文、質兼具的詩歌品格，以中和爲之本，力求「力」、「氣」的匀和，是黻藻（文采）與骨力（內容）的巧妙綜合。而「優游不迫、沉著痛快」，恰爲外顯於文字之上「陰柔」與「陽剛」兩種不同的風格。在《作詩骨格》中也曾提到：

詩語貴含蓄。言有週言無窮者，天下之至也。如清廟之瑟，一唱三嘆而有餘音。大概要沉著痛快，優游不迫。〔註97〕

此處的文字，則是由《滄浪詩話》中重新組合而來，強調的是詩歌「含

〔註94〕〔元〕佚名撰：《名公雅論》，收入張健編《元代詩法校考》（北京：北京大學出版社，2001年9月），頁372。

〔註95〕同上註，頁375。

〔註96〕同上註，頁375。

〔註97〕〔元〕佚名編：《詩家骨格》，收入張健編《元代詩法校考》（北京：北京大學出版社，2001年9月），頁423。

蓄」的意味，以及對詩歌餘韻繞樑的效果的追慕。

最後《名賢詩旨》中曾云：

> 嚴滄浪曰：「引韻便失粘，則不拘聲律，然其對偶特精，謂之『江左體』。如杜工部〈卜居〉詩曰：『浣花溪水水西頭，主人爲卜林塘幽。已知出郭少塵事，更有澄江消客愁。無數蜻蜓齊上下，一雙鸂鶒對沉浮。東行萬里堪乘興，須向山陰上小舟。』」〔註98〕

然審諸《滄浪詩話》並無相似的文字見錄。其後還有「蜂腰體」、「隔句體」、「偷春體」、「折腰體」、「絕紘體」……等敘述，亦皆不見於詩話之中，其內容眞僞還待進一步考證。審諸《名賢詩旨》一書，共採錄魏晉至宋詩文評名家話語五十二則，宋代著名詩學家如蘇軾、朱熹、楊萬里、姜夔……等人的詩評皆有取納。姑不論其徵引文章的眞實性與否，從該書直書嚴羽名號、又將之與這些詩學大家齊肩並列，可以想見嚴氏在當時文人群體應有一定的聲望、地位，並逐漸進入學界主流話語的論述之林。

十、小 結

自蒙元入主中土，廢科舉、輕儒士的執政態度斲喪了許多文人仕進的想望。以致於趙宋以降濃郁淳厚的文風，在朝廷刻意的輕視、忽略中消失殆盡，「文風澆薄」成了後世討論元代前期文學氛圍的普遍評價。然而，在元仁宗延祐年間重新恢復科舉取士之後，文風於此一變。對於舊有傳統文化資產的繼承與再發現，成了時人關注的重要課題。在這個重大變革的時代，恰巧給予文學經典一個重新審視、尋求定位的契機。

南帆曾說：

> 在某些重大歷史轉折的特殊時期，新興經典可能產生於新的時代要求，遵循新的標準。〔註99〕

〔註98〕〔元〕佚名編：《名賢詩旨》，收入吳文治主編《遼金元詩話全編》（南京：鳳凰出版社，2006年12月），頁2691。

〔註99〕參見氏著：《文學理論新讀本》（杭州：浙江文藝出版社，2002年8

當整個時代風尚變遷、轉移之後，新的價值判準將迫使今人對於文學遺產進行再次的確認。

一般而言，對於前代作品的接受態度，除了承繼發展之外，往往還會以檢討、反思的眼光重新審視。這種反思的態度，在歷史發展的過程中常出現一種有趣的現象，就是對於前代文學作品的批判、革新，往往會取鑒更前一代的經驗成果，所以歷史上以復古之名行新變之實的運動所在多有。延祐年間對於唐詩成就的再發現，實爲時代與文學自身發展共同匯聚而成的新走向。

當然，唐詩以其卓越的成就，本自綻放著耀眼的光芒，只是在時代背景的催化之下，更加強了「宗唐得古」的熱烈風氣，進而席捲整個詩壇。這對於力主漢、魏、盛唐等第一義詩的嚴羽而言，是個極爲友善的接受時代。

然而就時人詩歌創作的實踐看來，一時之間寒仄之士仍無法重現唐人雍容風雅的韻度。面對此一困境，類似今日啓蒙書、速讀本的詩學參考書——格、法作品，就成了時人爭相借鑒、參考的入門指南。

至於格、法類作品著作權的歸屬、著作眞僞，歷來爭議頗多。各本作者係爲何人？這個問題至今仍無法確定，甚至在「編纂者」身份的考究上，也出現兩派分歧的意見。

張伯偉在〈元代詩學僞書考〉中曾比較唐、元二代在格、法作品特色上的差異時說：

> 唐人詩格或以便科舉，或以訓初學；而元代詩格雖然有適應初學者的要求，但編纂的目的主要在於從中漁利。唐代詩格即便出於僞托，其宗旨與被托之人的詩學仍然相通，……而元代詩格僞書的僞托者往往是書商。所以，其編輯方式多是根據流傳文獻雜抄拼湊，改頭換面，詭題書名，托於當代名人，以利銷售。〔註100〕

月），頁114。

〔註100〕參見氏著：〈元代詩學僞書考〉，《文學遺產》（1997年，第3期），頁73。

在這裡張氏明確地將元代格、法的「編纂者」身份界定於書商，目的在於「漁利」，所以書賈往往以雜抄拼湊的方式，托於名人、詭題書名，以刺激銷售量，獲取利益。

但另一位大陸學者張健對此卻有不同的看法，張氏說：

> 這些詩法著作（題爲虞、楊、范、揭的詩法作品）的眞實性卻無從得到直接的確證。以上諸種詩法都收錄在元末明初幾部詩法彙編中，其被題楊載、范德機等撰者之名大多在元末明初就已經如此。但明末之前幾乎無人對其提出過懷疑，這些詩法在主流文人學者中流傳。而且刊刻這些詩法的恰恰不是爲了射利的坊賈，而是一些主流的文人。〔註101〕

張氏以明末之前幾乎無人對這些作品的眞僞提出懷疑，而且這些格、法作品又常在主流文人群中廣於流傳，判斷刊刻者應非一般書賈，而是當時文壇的主流文人。張氏接著又舉趙撝謙在詩學著作《學范》中大量抄錄《木天禁語》、《詩法家數》內容的情況，以及懷悅、高棅等人對格、法作品的學習、重視，補充說明格、法作品應爲「文人」所刊刻流行。

然而不管格、法作品著作權究竟何屬，吾人都可推知這類作品廣泛流傳於主流文化圈中，而且有一定的市場，具有通暢的商業傳播管道。所以，嚴羽詩論透過格、法作品的吸收、轉化，藉由文人圈內的傳播，書坊的刊刻、流布，從而廣泛進入文人士子的視野之中。

陳文忠曾說：

> 一種時代風氣的形成，既表示作者的需要，也表示讀者的需要：作者非此不揣摩，讀者非此不愛好，於是相習成風，瀰漫一時。〔註102〕

以此觀點審視嚴羽詩論主張被大量格、法作品以各種不同的方式吸

〔註101〕參見氏著：《元代詩法校考・前言》（北京：北京大學出版社，2001年9月），頁7～8。

〔註102〕參見氏著：《中國古典詩歌接受史研究》（合肥市：安徽大學出版社，1998年8月），頁57。

收、借鑒，可以推知嚴氏的詩論符合了當時文壇的需要，而且已被廣泛的接受。在這個背景下，嚴羽詩論走入了一個嶄新的接受時期。

審視格、法類作品在嚴羽詩論接受史的意義，主要在於詩學觀念、術語的深入化、細密化之上。例如「體製」，在嚴羽詩論中「辨體」是其中重要的環節，在〈詩體〉章中也有粗略的介紹，但對於各「體製」的具體特徵仍舊缺乏系統化的論述。然而，在元人格、法作品中對於「辨體」理論的探討則有進一步的發展。以《詩法家數》爲例，就有「律詩要法」、「古詩要法」、「絕句」等類，每目之下皆有關於各體詩歌的定義與介紹。就題材而言，又分有「榮遇」、「諷諫」、「登臨」、「征行」、「贈別」、「詠物」、「讚美」、「賡和」、「哭輓」等不同類別，針對各種題材也都就其風格特色作了簡要的論述。這代表元人格、法之作，對於不同詩體、題材的作品特質，已有更爲明確深入的理解認識。

另外，以「氣象」論詩也是嚴羽詩論的特色之一，但在《滄浪詩話》裡只是寬泛地以「人」或「時代」爲基準，未作更精確的分類。而元人格、法作品則有了更細密的分類，以《木天禁語》爲例，該書從題材出發對於「氣象」進行較爲細緻的分類，計有：「翰苑」、「輦轂」、「山林」、「出世」、「偈頌」、「神仙」……等十類。雖然對各體「氣象」仍未作更進一步的說解，但其細密程度已較《滄浪詩話》來得精嚴。另外，《詩家模範》中也有論及「氣象」的相關內容。該書分有「臺閣」、「山林」、「江湖」、「風月」、「方外」、「征戍」、「懷古」……等九大類，其中分別對各「氣象」作了簡單的概括，如臺閣之作，氣象要「光明正大」；山林之作，氣象要「古淡閑雅」……等，可謂更進一步。雖然這些概括雖然只是簡要、粗淺的判斷，但在「氣象」分類的意識上卻顯示出與嚴羽不同的視野。

再如「妙悟」，《滄浪詩話》中以虛無縹緲的方式詮解之，但到了嚴羽再傳弟子黃清老手中，卻以「立意」、「得句」、「下字」三者重新定義，黃氏還認爲要臻於「妙悟」之境必須三者兼備。此舉將嚴羽的

「妙悟」之說，落實到意、句、字的層次上面來。

又如「興趣」，《詩家一指》雖罕言「興趣」，卻明確地將「趣」列名詩之「十科」之中，其指涉的是一種含蓄不盡的特殊質素，是詩歌有別於其他文體的特色之一，這個認識與嚴羽極為相近。不過《詩家一指》在「字」法之中，曾提及「含趣之微」說，將詩歌的審美要求帶入詩法、字法的討論之中。此外，該書還多次提及詩「趣」，對於詩歌審美特質的標舉，在在展現出作者調和審美、法度兩種主張的努力。

在「詩史論」的討論方面，嚴羽「揚唐抑宋」的觀點在元人「宗唐得古」的風氣推波助瀾之下也被廣泛地接受，不過元人格、法之作對於唐、宋詩風特徵的掌握，卻也有更精確的認識。尤其是《吟法玄微》與《詩法源流》分別以「以詩為詩」、「達於性情」作為唐詩的特徵，以「以文為詩」、「立議論」作為宋詩的特色，可謂是嚴羽對於唐、宋詩的詩史判斷後甚為精要的見解。而從二書同出一轍的文字，也可看出此等論斷在當時詩壇已成了流行性的普遍認識。另外，在唐詩分期上，《詩家模範》在高棅《唐詩品彙》前已提出「四唐」之說。《詩家模範》云：「大抵學者要分別得初唐、盛唐、中唐、晚唐及宋、元人詩。」，〔註103〕所以在唐詩分期的認識上，該書較嚴羽、方回又更進一步。

最後，《滄浪詩話》以「體製」、「格力」、「氣象」、「興趣」、「音節」為詩之法，其對於詩歌本質的認識與思考模式，影響了元人格、法。如《詩法正宗》提出學詩須力行五事：「詩本」、「詩資」、「詩體」、「詩味」、「詩妙」；《詩家模範》則提出了評價詩歌高下的六個標準，曰：「氣骨」、「興趣」、「語句」、「韻腳」、「用字」、「音節」。其與《滄浪詩話》之間都存在著內在的聯繫。如「詩體」之於「體製」，「氣骨」之於「格力」、「氣象」，「詩味」、「詩妙」之於「興趣」，更遑論術語相同者。

〔註103〕〔元〕佚名撰：《詩家模範》，收入張健編《元代詩法校考》（北京：北京大學出版社，2001年9月），頁420。

當然更爲凸出的現象莫過於儒家詩學觀念的滲透、改造，將嚴羽詩學崇尚審美的傾向重新擺盪回詩教大纛的號召之下。以音觀世、聲音之道與政通，尊德行、道問學等意識的重新崛起，都從理論的根柢處，置換了嚴羽詩學主張的諸多術語。

綜上所述可以發現元代的格、法作品對嚴羽詩論所做的修正與改造，以饒富新意的方式從各方面進行深化、補充。而此普遍現象的背後，其潛在意識卻顯現出對宋人（特別是江西詩派）好言法度風氣的另類回歸。嚴羽以江西詩派以文字、議論、細密瑣碎爲病，代以整體、渾成的氣象風度；而元代格、法類的詩學著作，卻從江西詩學中汲取可資參照的字法、句法理論，對嚴羽的詩論進行修正。鐘擺似的更替效應，就在精細與涵渾之間來回游走，在此過程中，也充實、豐富了嚴羽詩論的內涵，開展出截然不同的當代視野。

最後，在書坊之間、文人群體中廣爲流傳的格、法作品大量引用、節錄、拼接了嚴羽論詩的話語主張，此一現象在嚴羽詩論接受史上絕對具有重要的討論價值。在文學接受的趨同功能、增效作用、整合作用和相激作用的加乘下，透過大量格、法作品的推介，讓嚴羽詩論奠定成爲文論「經典」作品的基礎。

童慶炳說：

> 一部作品能不能成爲經典，最終是由廣大讀者批准的，不是由意識形態的霸權所欽定的。〔註104〕

從上文對元代格、法作品的研究發現，大多數的格、法作品都能從書中紬繹出其與嚴羽詩論的內在聯繫，可見嚴羽詩論在當時所獲得的重視，已積聚爲擠身主流詩學話語的可能力量。

王寧說：

> 確定一部文學作品是不是經典，……取決於下面三種人的選擇：文學機構的學術權威，有著很大影響力的批評家和

〔註104〕參見氏著：〈文學經典建構諸因素及其關係〉，《文學經典的建構、解構和重構》（北京：北京大學出版社，2007年11月），頁88。

受制於市場機制的廣大讀者大眾。〔註105〕

若如張健所推論這些格、法類的作者，就是當時文學機構的學術權威，透過他們的手眼，將嚴羽的詩學主張轉介給更多的讀者大眾。但不論是書賈還是學者，在廣大的市場銷售刺激與在市場機制的助長下，都讓嚴羽詩論的勢力更爲普及。此舉對於明代嚴氏詩學的盛行，實起著積極、準備的作用。

第二節　《唐音》對嚴羽詩論的接受

一、楊士宏及其《唐音》

（一）楊士宏生平

楊士弘，字伯謙，襄陽（今湖北襄陽）人，生卒年不詳（約1355年前後在世）。關於其生平，元史無傳，所以資料頗爲貧乏，不過我們仍可從元明時人的序跋、筆記，約略還原其生平事蹟。

明人楊士奇（1365～1444）在〈楊伯謙樂府跋〉曾略述其行迹：

> 楊伯謙，名士弘，其先襄城人，後官臨江，遂家焉。父兄皆武職。伯謙始讀書爲儒，工於詩，又工樂府。嘗選《唐音》，前此選唐者，皆不及也。〔註106〕

在這段引文中，吾人可以得知楊士弘出身武將之門，但在志業選擇上卻與父兄有別，以讀書爲務、立志爲儒。在詩歌創作方面，楊氏可謂頗有會心，尤其擅長樂府歌行。楊士弘曾經編選《唐音》一書，甚爲明人所推重，〔註107〕「前此選唐者，皆不及也」稱譽可謂極矣。

〔註105〕參見氏著：〈文學經典的形成與文化闡釋〉，《文學經典的建構、解構和重構》（北京：北京大學出版社，2007年11月），頁195。

〔註106〕〔明〕楊士奇：〈楊伯謙樂府跋〉，《東里全集・續集》卷十九（臺北：臺灣商務印書館，1977年），頁9。

〔註107〕除楊士奇外，明人陸深〈重刻《唐音》序〉：「襄城楊伯謙，審於聲律，其選唐諸詩，體裁辨而義例嚴，可謂勒成一家矣。」也是推崇備至。前文收錄於陶文鵬、魏祖欽點校：《唐音評注》（保定：河北大學出版社，2006年10月），頁898。

與楊士奇同期的文人梁潛（1366～1418），在〈竹亭王先生行狀〉中則談到楊士弘與王沂等人交遊的情形：

> 若襄城楊伯謙、秣陵周湞、豫章萬石、大梁辛敬、清江彭鏞、劉仲修，鄉先生劉尚書昆弟，廖文學愚寄，陳海桑心吾，與先生（王沂）之弟御史君子啓，日賦詠往還，更唱迭和，以商榷雅道爲己事。〔註 108〕

可知楊士弘常與王啓、周湞、萬石、辛敬……等人交相唱和、賦詠往返的情形，而且與會諸人多有志於詩歌「雅道」的討論，並引以爲樂。所以《唐音》一書，或即爲楊士弘與諸友商榷「雅道」後的心得力作。

另外，《新元史》記載：

> 楊士弘，字伯謙，襄陽人。好古學，嘗選唐詩一千三百四十首，分爲「始音」、「正音」、「遺響」，總名曰《唐音》。自著有《鑒池春草集》，與江西萬白（石）、河南辛敬、江南周貞（湞）、鄭大同，皆以詩雄，名聲相埒。〔註 109〕

這段文字除可補充其詩友成員之外，文中「皆以詩雄，名聲相埒」一句，更說明了楊氏在當時詩壇頗負盛名。關於其詩名的記載，還可從《江西通志》的記載得到輔證。該書曾將楊士弘與周伯寧、辛敬、萬石等人並稱爲「江西十才子」，〔註 110〕所以楊氏的創作才華應頗獲時人肯定。另外，從當時名震海內元詩四大家之首的虞集（1272～1348）爲楊氏詩歌選集《唐音》作序看來，其在元代中後期文壇自非籍籍無名的邊緣文人。

虞集在《唐音・卷首》中提到：

> 襄城楊伯謙，好唐人詩。五言、七言、古詩、律詩、絕句，以盛唐、中唐、晚唐別之，凡幾卷，謂之《唐音》。音也者，

〔註 108〕〔明〕梁潛：《泊菴集・竹亭王先生行狀》卷八（臺北：商務印書館，1976 年），頁 3。

〔註 109〕柯邵忞：《新元史・列傳》卷二百三十八（臺北：藝文印書館，1955 年），頁 2126。

〔註 110〕參見〔清〕趙之謙：《江西通志》卷一六二（臺北：臺灣華文書局，1967 年），頁 3459。

聲之成文者也。可以觀世矣。其用意之精深，豈一日之積哉。蓋其所錄，必也有風雅之遺，騷些之變。漢魏以來，樂府之盛，其合者則錄之，不合乎此者雖多弗取。是以若是其嚴也。昔之選唐詩者非一家，若伯謙之辯識，度越常情遠哉。噫，先王之德盛而樂作，跡息而詩亡，係于世道之升降也。風俗頹靡，愈趨愈下，則其聲文之盛，不得不隨之而然，必有特起之才，卓然之見，不繫於習俗之所同，則君子尚之，然亦鮮矣。〔註 111〕

文中明白指出楊士弘對唐詩的喜好，並略述《唐音》體例：依詩體有五、七言古詩、律、絕之分，依時代有盛、中、晚三代分期。虞序中還交代《唐音》得名由來與《禮記・樂記》「以音觀世」之說有著密切的聯繫。在傳統儒家詩教中，詩歌是「世音」的具體表現，所以透過詩歌可以返觀時代之榮衰、風俗之厚薄。這樣的對應關係，造就了後人以詩觀「世道升降」的理論，而《唐音》的編選，即是此一觀念的具體實踐。序文裡，虞集推崇楊氏此編：「辨識」精嚴、「度越常情」，並以「特起之才」、「卓然之見」、不繫流俗等語，讚揚其選輯詩歌的識見，推崇之意斑斑可見。虞氏以其文壇領袖的高度，給予《唐音》高度的評價，使得是書在當時獲得了文人普遍的認同，直至明代中期《唐音》一直都是文人案頭必備的詩學經典。

明人溫秀〈批點唐音跋〉則說：

大司空東橋夫子取楊士宏所編《唐音》而品題之，考其格律，比其意興，辨其體製，究其條理，所謂具正法眼持最上乘禪者。有唐詩人之製作，皆裒然範圍中矣。此豈非會文運之權衡，建風雅之標準哉。夫「唐之後無詩」，亦君子之論也，夫子一振其風而海內名賢共相羽翼，使今之作者翕然向往，其與「起八代之衰」者何殊也。〔註 112〕

〔註 111〕〔元〕虞集：《唐音・卷首》，收入吳文治主編《遼金元詩話全編》（南京：鳳凰出版社，2006 年 12 月），頁 2067。

〔註 112〕〔明〕溫秀：〈批點唐音跋〉，收入《唐音評注》（保定：河北大學出版社，2006 年 10 月），頁 893。

溫氏稱許顧璘的《唐音》評點，無論在格律、意興、體製等辨析上，皆甚有見地，可謂「具正法眼」、「持最上乘禪」。接著溫秀稱許《唐音》的編選，包羅完備，有唐一代的名家詩作，皆籠括其中。而其選錄原則，也符合儒家詩教、風雅，可謂爲修習唐詩的典範之作。在此書的推行、傳播之後，唐詩的經典地位獲得明代文人的普遍認同，「唐之後無詩」的觀點或與是書的傳衍有關。另外，從溫氏跋中所用之語彙「正法眼」、「最上乘禪」等皆爲嚴羽論詩之語。後人顯然又從《滄浪詩話》的論評回觀《唐音》及其點校的價值，透過兩者之間的聯繫，也可看出明人對此二書關聯性的想像。明人推尊盛唐的主張，在嚴羽詩論的啓迪之下，卻也慢慢走向極端發展。透過二者的聯繫，可以發現《唐音》在元末明初的大量刊行，應對嚴羽宗唐詩學的推闡，起了相當大的作用。

（二）《唐音》的編纂緣起及體例

楊士弘在《唐音・序》中曾提及編纂是書的緣起：

> 夫詩莫盛於唐，李杜文章冠絕萬世，後之言詩者皆知李杜之爲宗也。……余自幼喜讀唐詩，每慨嘆不得諸君子之全詩，及觀諸家選本，載盛唐詩者，獨《河嶽英靈集》。然詳於五言，略於七言，至於律、絕，僅存一、二。《極玄》姚合所選，止五言律百篇，除王維、祖咏，亦皆中唐人詩。至如《中興間氣》、《又玄》、《才調》等集，雖皆唐人所選，然亦多主於晚唐矣。王介甫《百家選唐》除高、岑、王、孟數家之外，亦皆晚唐人詩。《吹》、《萬》以世次爲編，於名家頗無遺漏，其所錄之詩，則又駁雜簡略。他如洪容齋、曾蒼山、趙紫芝、周伯弼、陳德新諸選，非惟所擇不精，大抵多略於盛唐而詳於晚唐也。〔註113〕

楊氏在文中開宗明義地以唐朝作爲詩歌史上的高峰，而李、杜二人則爲其冠冕，他們的文學成就使後人皆知以此二人爲宗。楊士弘在時代氛圍的影響下，從小就接受唐詩的洗禮。但當時流行的唐詩選本，大多不很

〔註113〕〔元〕楊士弘：《唐音評注・原序》（保定：河北大學出版社，2006年10月），頁7～8。

完善，有的在詩體選錄上有所偏重而顧此失彼，有的在時代選輯上有所侷限未能採擇精粹，尤有甚者駁雜簡略幾無可觀之處。宋代以來的詩選家，更多犯了「所擇不精」、「略於盛唐而詳於晚唐」的毛病。在這樣的情況下，促使楊士弘矢志編纂出一部採擇妥適，且無「略盛詳晚」毛病的唐詩選本。在此也露逗出楊氏的唐詩史觀，有著「揚盛抑晚」的傾向。

〈唐音序〉中還提到該書編纂的經過：

> 後客章貢，得劉愛山家諸刻初盛唐詩，手自抄錄，日夕涵泳。於是審其音律之正變，而擇其精粹，分爲始音、正音、遺響，總名曰《唐音》，凡十五卷，共詩一千三百四十一首。始於乙亥，成於甲申。〔註114〕

楊士弘在客居章貢時，得到劉愛山家所藏的初、盛唐詩作，於是抄錄保存、日夕涵泳。此過程一如嚴羽在學詩進程中所強調的熟讀、熟參，而楊氏經過長時間的涵泳、鑽研，果然於唐詩頗有會意。於是乎以其識力「審其音律」、「擇其精粹」，自乙亥（1335）至甲申（1344），耗費十年之功，完成這部影響後世甚鉅的唐詩選本。是書共收錄唐詩一千三百四十一首，體例共分三大部分，分別是：「始音」、「正音」、「遺響」。至於本書命名爲《唐音》的原因，〈序〉中說道：

> 嗟夫，詩之爲道，非惟吟咏情性、流通精神而已，其所以奏之郊廟，歌之燕射，求之音律，知其世道，豈偶然也哉？觀是編者，幸恕其僭妄，詳其所用心，則自見矣。〔註115〕

楊士弘以爲詩歌的創作，不僅在「吟咏情性」、「流通精神」之上，更重要的還在於「奏之郊廟」、「歌之燕射」、「求之音律，知其世道」。所以詩不僅僅是詩人情感的載體，更應擔負起有益世道人心的重責大任，不只是偶然興起之作而已。楊氏希望讀者能明瞭其編選用心所在，讓詩歌能發揮更廣大、更深刻的力量。

至於是書之所以定名爲「唐音」，一如前揭虞集〈卷首〉文字所言，

〔註114〕同上註：《唐音評注・原序》，頁8。

〔註115〕同上註：《唐音評注・原序》，頁8。

乃在於透過「審音」而能知「世道升降」，這個「以音觀世」的聯繫，即是楊氏命名的用心所在。另外，《唐音》之「音」除了能突顯儒家詩教之旨外，也說明是書欲全面性展示有唐一代多元、特出的精神面向。也可看出楊氏希望透過此一選本的編纂，爲後人指引一條詩學明徑。

二、《唐音》對《滄浪詩話》的接受

《唐音》以選本的形式問世，除了各編〈凡例〉、〈序〉言外，並無隻言片語的論詩之語，其詩學價值應如何認定？關於詩歌總集在詩學研究方面的評價，今人蔡瑜曾作以下表示：〔註116〕

> 總集類的選本，在中國批評史上應予表彰的原因有：
>
> （一）總集選本的產生，較正式詩文評類的文論、詩話、詞話爲早，是極早被採用爲評論的一種方式；而且數量甚夥，與代俱增，是被廣爲採用的批評形式。
>
> （二）選集基於鑑賞與創作學習的目的，選錄詩作，較之理論性的著作，易爲一般讀者所接受，故更易於廣泛流傳，甚至推動一時文風。
>
> （三）凡是輯錄詩文的選集，常足以顯示編者鑒別去取的觀點，是抽象批評理論的實踐，具體的文學批評。

由此可知，選本是古人廣爲採用的批評形式之一，在傳播效果上甚至較一般理論性著作影響更大。至於其如何彰顯批評家的理論主張？則是透過鑒別去取來完成，故蔡氏以爲，這與一般抽象的理論批評不同，而是一種實際可感、有例可循的「具體」批評模式。〔註117〕

〔註116〕參見氏著：《高棅詩學研究》（臺北：國立臺灣大學出版委員會，1990年6月），頁2～3。

〔註117〕關於詩選的研究方法，蔡瑜在《高棅詩學研究》中提出幾項原則：

（一）如何限定採選範圍，反映選者詩觀。

1. 對詩體的取決，或眾體具備，或偏選一體或數體。
2. 對時代的取決，論詩而區分時代，如唐宋之分。
3. 對家數的取決，部分選集對極重要的家數，略而不備，便與選者詩觀及選本體例有關。

（二）如何進行編排，反映選者詩觀。

如前節所述，嚴羽詩論透過詩法、詩格在元代後期詩壇已具有一定的影響作用。在這些格、法批評家的推闡之下，嚴羽詩論中的某些重要觀點也成爲當時論詩者的背景知識。在這樣的文學風氣影響下，楊士弘自然無法自外其中。從《唐音》的卷首・序語，及其體例所透顯出的詩學觀念，皆可以發現其借鑒嚴羽主張之處。

（一）本體論

首先，在本體論的認識上，嚴羽曾說「詩者，吟詠情性也」，〔註118〕可知詩人的「情性」乃是詩歌所由發的根本。不過嚴羽在「情性」之外，接著補充了其他規範元素：

> 盛唐諸人惟在興趣，羚羊掛角，無跡可求。故其妙處透徹玲瓏，不可湊泊，如空中之音，相中之色，水中之月，鏡

編排的方法大抵有：

1. 按照詩人排列（如：殷璠《河嶽英靈集》、《中興間氣集》）
2. 按照題材排列（如：王安石《唐百家詩選》、方回《瀛奎律髓》）
3. 按照體裁排列（如：《三體唐詩》、《唐詩品彙》、《唐詩正聲》、《古今詩刪》等是）

關注的焦點至少有二：

1. 詩選的編排次第，是編者以及讀者所共同重視的批評方式，往往可成爲時人或後人熱烈討論的課題。
2. 讀者對於編選者用意的揣測，常足以引發出個人的見解，或因此反映當時詩壇風氣。

（三）選詩數量差異，反映選者詩觀

1. 詩人與詩人之間詩作總數的比較，大體是被選錄作品愈多的詩人，愈爲編選者所好尚。反之，則不受編選者重視，與其賞鑑標準不合。
2. 區分詩體以後，詩人作品分體數量的比較結果，較總數的比較更爲精確，可以見出出詩人在不同體裁上的不同成就，以及編者對於不同體裁的取選觀念。

（四）所選詩作的特色，反映選者詩觀。

對於選集所選錄的詩，以及不選錄的詩，進行分析、對照，並參以批評用語的辭意了解，往往可以確切掌握編選者的詩論重心，及品選準則。

同上註，頁9～21。

〔註118〕〔宋〕嚴羽：《滄浪詩話・詩辨》五。

> 中之象，言有盡而意無窮。〔註 119〕

此處所謂的「興趣」，指的是詩歌應具有一種玲瓏透徹，不滯於文字的空靈境界。猶如「空中之音」、「相中之色」、「水中之月」、「鏡中之象」，是一種難以指實，卻又眞實存在的美感體驗。也由於其具有玄妙的特質，所以嚴羽論詩特別強調「悟性」的重要。至此，吾人可以發現，嚴羽在本體論的定義上，基本上是以「情性」爲主要質素，但此一「情性」卻必須服膺於詩歌「意在象外」的藝術要求，必須具備「言有盡而意無窮」的繞樑餘韻。所以嚴羽的本體論述，是以藝術、審美作爲「情性」的依歸。

而楊士弘《唐音・遺響序》中則說：

> 學詩者先求於正音，得其情性之正，然後旁採乎此，亦足以益其藻思。觀者詳之。〔註 120〕

楊士弘在此指引讀者，欲學唐詩必須「先求於正音」，因爲可以從中得「情性」之正，「遺響」所錄諸詩的作用，則在「益其藻思」之上。由此可以了解，在本體論上，楊氏主張以「情性」作爲詩歌之本質，但此「情性」必須依從於儒家詩學之「正」的規範。所謂的「正」，應具有中正平和、不偏不倚、節度適中等特質。一如《中庸》所強調「中」之爲用者大矣，意即在此。所以「正」，實爲「情性」所應遵循的軌轍，一如儒家開山綱領「詩言志」的「志」，本質雖仍隸屬於情感範疇，卻是經過「禮義」軌範所淘洗、過濾後的產物，所以「吟咏情性之正」，亦此謂也。不過在教化之外，楊士弘也強調詩歌應符合「審美」的要求，故強調閱讀「遺響」篇後，可以獲得「益其藻思」的實質功效，增加學者辭采的運用能力。所以在表現技巧、詩歌詞藻等方面，楊氏也並不偏廢。而對於詩歌審美意義的提揭，與嚴羽詩論主張也頗爲相近。

綜上所述，楊士弘在詩歌本體論的主張上與嚴羽最大的不同，就

〔註 119〕同上註。

〔註 120〕〔元〕楊士弘：《唐音評注・唐詩遺響目錄並序》（保定：河北大學出版社，2006 年 10 月），頁 629。

在於一者以儒家詩教爲依歸，一者以藝術審美爲依歸。

另外，〈遺響序〉還說道：

> 故開元、大曆之間，溫柔敦厚之教發爲音聲，汎汎乎有雅頌之遺，皆足以昭著千載，何其盛歟！〔註 121〕

文中所謂的溫柔敦厚之教、雅頌之遺音，強調的是兩漢以降對《詩經》詮解的實用功能。所以「詩」，不只是娛情悅性的調劑，其之所以能「昭著千載」，更在於移風易俗的教化功能上。所以楊士弘對詩歌本體的認識，除了具有表現主義的特質外，還帶有實用、功利的色彩。

（二）詩史論

如前所述，《唐音》得名的由來與「求之音律，知其世道」的觀念密不可分。其實，元人論詩十分注重「音以世變」的觀念，在詩歌具有反映社會政治的前提下，《唐音》以其音律選詩的態度，將有唐一代的詩歌，區分爲「始音」、「正音」、「遺響」等三大類型。其間包蘊有事物發展的週期原則，故而由「始」而「正」終於「遺」。另外，在命名上還有一點值得留心處，即在於前二部分楊士弘皆以「音」名之，唯獨第三部分稱之爲「響」，其間分野究竟何在？頗令人玩味。其實，「音」、「響」之別，寓有價值判斷的深意。所謂「響」者，用以指代未能成「音」者。蔡瑜曾說：

> 音與詩皆是生發於人之情性，而自然情感本無音律或紋理，必須透過音符的和合排列產生一種結構才能成爲音樂。〔註 122〕

所以，此之所謂「響」者，指的是無音律、紋理，未經過組織、和合、排列，無法成爲有意味的結構形式，所以不能稱之爲「音」。一如〈樂記〉所言「聲成文謂之音」，「始音」、「正音」所編選者，自有其成「文」的標準、特質。而未能成「文」的「遺響」，在楊士弘的眼中，視之

〔註 121〕同上註。

〔註 122〕參見氏著：〈《唐音》析論〉，《漢學研究》（第 12 卷第 2 期，1994 年 12 月），頁 255。

爲詩之變格。從其收錄詩作四百四十四首卻未分體標識看來，「遺響」之篇作爲陪襯、點綴「正音」的意旨頗爲明顯。

在了解《唐音》篇目命名的深意後，吾人還須對該書的體例有清楚的認識。今人李嘉瑜在《元代唐詩學》中曾就《唐音》之詩體、時代、選錄詩歌的數量等等，製作簡表如下：〔註 123〕

<table>
<tr><th>音律</th><th>詩體</th><th>時代</th><th>卷數</th><th>數量</th><th>統計</th></tr>
<tr><td>始音</td><td>不分詩體</td><td>不分時代</td><td>不分卷數</td><td>93</td><td>四子 93</td></tr>
<tr><td rowspan="15">正音</td><td rowspan="2">五言古詩</td><td>盛唐</td><td>卷一上</td><td>119</td><td>唐初、盛唐
425</td></tr>
<tr><td>中唐</td><td>卷一下</td><td>59</td><td></td></tr>
<tr><td rowspan="2">七言古詩</td><td>唐初</td><td>卷二上</td><td>82</td><td></td></tr>
<tr><td>中唐</td><td>卷二下</td><td>53</td><td></td></tr>
<tr><td rowspan="2">五言律詩
（排律附 15）</td><td>唐初</td><td>卷三上</td><td>76</td><td rowspan="8">中唐
409</td></tr>
<tr><td>中唐</td><td>卷三下</td><td>59</td></tr>
<tr><td rowspan="3">七言律詩
（排律附 2）</td><td>唐初</td><td>卷四上</td><td>26</td></tr>
<tr><td>中唐</td><td>卷四中</td><td>58</td></tr>
<tr><td>晚唐</td><td>卷四下</td><td>20</td></tr>
<tr><td rowspan="2">五言絕句
（六絕附 14）</td><td>盛唐</td><td>卷五上</td><td>60</td></tr>
<tr><td>中唐</td><td>卷五下</td><td>73</td></tr>
<tr><td rowspan="3">七言絕句</td><td>唐初</td><td>卷六上</td><td>47</td><td rowspan="3">晚唐
51</td></tr>
<tr><td>中唐</td><td>卷六中</td><td>91</td></tr>
<tr><td>晚唐</td><td>卷六下</td><td>31</td></tr>
<tr><td rowspan="3">遺響</td><td rowspan="3">不分詩體</td><td>唐初盛唐</td><td>卷一上下</td><td>73</td><td>73</td></tr>
<tr><td>中唐</td><td>卷二上中下</td><td>134</td><td>134</td></tr>
<tr><td>晚唐</td><td>卷三上中下</td><td>237</td><td>237</td></tr>
</table>

〔註 123〕參見氏著：《元代唐詩學》（臺北：輔仁大學學中文所博士論文，2004 年），頁 365。案李氏此表製作採用的是元至正四年刊本配補明刊本，是書共十卷。然而，根據陶文鵬、魏祖欽《唐音評註．前言》考證以爲，配補明刊本的元本並不屬於祖本系統，故《唐音評註》體製仍分爲十四卷。參見氏著：《唐音評注》（保定：河北大學出版社，2006 年 10 月），頁 2～6。

從上表可以了解，《唐音》各編，不論就時代分期、卷數甚至選詩數量，都有明顯的詳略之別。「始音」一目，不分詩體、不分卷，共選詩九十三首。此卷選錄的詩人，僅初唐四傑：楊炯、王勃、盧照鄰、駱賓王四家。

嚴羽在《滄浪詩話・詩體》曾列有「沈宋體」、「陳拾遺體」、「王楊盧駱體」、「張曲江體」等四家，可以列入後人所定義的「唐初」階段。在一般認識中，沈宋是詩歌格律的完成者，陳子昂是唐詩精神風貌的奠基者，王、楊、盧、駱四人則以其才調，成爲初、盛唐過渡時期中的代表性詩人。而初唐四傑之所以卓然成家的原因在於其兼蓄著六朝、盛唐轉變期的質素，其地位頗爲特出，故後世文學史家每每以之爲初唐時期的代表作家。

楊士弘在〈始音序〉中曾說明，何以特予選錄初唐四傑作爲「始音」的原因：

> 自六朝來，正聲流靡。四君子一變而開盛唐之端，卓然成家。觀子美之詩可見矣。然其律調初變，未能純，今擇其粹者，列爲唐詩始音云。〔註124〕

此四家詩在唐詩學史上的意義，在於「開唐音之端」，且詩風一洗六朝錦色，所以具有「律調初變」的價值。但從楊士弘的鑒賞標準看來，此四家詩仍未臻於「正音」的純美境界，不過在四傑詩作中已蘊有下開盛唐的因子潛伏其中，所以具有特殊的歷史意義，必須另立名目、特予標出。至於，稱之爲「始音」，係以其爲「正音」前奏之故耳。由此可知，楊士弘對於「唐初」一詞的界義，思考進路與嚴羽頗爲相近。

至於「正音」部分，較其他二部分而言則相對細密，不僅在體製上細分五、七言古、律、絕等六項詩體，並在各體中加入初盛、中、晚等時代分期爲原則。此節析爲六卷，在選詩數目上更達八百八十四首之多，占全書三分之二強。

〔註124〕〔元〕楊士弘：《唐音評注・唐詩始音目錄並序》（保定：河北大學出版社，2006年10月），頁1。

而最後的「遺響」的部分，則比照「始音」不分詩體，但時代上仍有初盛、中、晚唐之別，選詩四百四十四首。

有了對《唐音》體例編排的初步認識後，吾人即可依蔡瑜於《高棅詩學研究》中所提出的四項研究詩選的方法進行檢視。〔註 125〕其中第二項「如何進行編排，反映選者詩觀」、第三項「選詩數量差異，反映選者詩觀」最值得吾人深入探析。

首先從「選詩數量」的差異看來，「正音」所取自然是該書的重心所在。如何從「正音」選錄的詩作中透過閱讀、玩味、鑽研等工夫，獲得詩之「正體」的美學原則，是讀者所須著力之處，這與嚴羽「揚盛抑晚」的詩學態度十分相近。

其次，在「如何進行編排」上，《唐音》係以時代、詩體兩項標的構成經緯。配合篇目的「始音」、「正音」、「遺響」，以及細目中的「唐初」、「盛唐」、「中唐」〔註 126〕、「晚唐」，對唐代詩史的認識，其實與嚴羽有著密不可分的關係。

嚴羽在《滄浪詩話・詩體》說道：

> 以時而論則有建安體、……唐初體（唐初體，唐初猶襲陳隋之體）、盛唐體（景雲以後，開元天寶諸公之詩）、大曆體（大曆十才子之詩）、元和體（元白諸公）、晚唐體。（〈詩體〉二）

在名目指稱上，《唐音》與《滄浪詩話》之別，在於將「初」、「盛」唐混而合稱，或名之「唐初」、或名之「盛唐」；〔註 127〕以及合「大

〔註 125〕具體方法參見前註 117。

〔註 126〕「中唐」之名在方回《瀛奎律髓》中已然成形，《唐音》逕以「中唐」名大曆、元和之詩乃前有所承。

〔註 127〕就〈正音・五言古詩〉項下，立有「盛唐」一目，但其選錄的詩人，卻有隸屬於初唐的陳子昂。而〈正音・七言古詩〉項下，雖以「唐初」別之，但是項所錄詩人，卻無一人符合嚴格定義上的初唐詩人，王維、岑參、高適、崔顥、李頎、王之渙、儲光羲、孟浩然……等，就今日的唐詩史的認定，應屬盛唐詩人。所以，就此觀之，《唐音》雖有唐初、盛唐名目的差異，卻未形成明確的初、盛唐分野。所以對於初唐詩歌的時代特質，楊士弘並沒有更明確的認識。因此「四唐」說的確

曆」、「元和」二體，冠以「中唐」之名兩點上。所以楊士弘的唐詩分期觀，與嚴羽有著承繼發展的關係。

再者，在唐詩分期的看法上，嚴羽也有明確的評騭立場，對於晚唐詩曾有「小乘禪」、「聲聞」、「辟支」之喻，對於盛唐詩則以「第一義」、「最上乘禪」贊之，「揚盛抑晚」的唐詩史觀，昭然可鑑。在《唐音》之中，楊士弘的〈凡例〉、〈序〉文，似乎也透露出這樣的觀點。

如前所述，楊士弘在〈唐音序〉即對唐宋時人選本普遍存在的「詳於晚唐」、「略於盛唐」的現象表示不滿。同樣的觀念，還出現在《唐音・正音》卷首的序中。

> 唐初稍變六朝之音，至開元天寶間始渾然大備，遂成一代之風，古今獨稱唐詩，豈不然邪，是編以其世次之先後，篇章之長短，音律之和協，詞語之精粹，類分爲卷，專取乎盛唐者，欲以見音律之純，繫乎世道之盛。〔註 128〕

楊氏在此對於整部唐詩發展的沿革歷程作了簡要的概述，他以爲唐初仍沿六朝餘習，時帶錦色。直至開元、天寶年間屬於唐人的一代詩風在逐漸完備，而獨步於古今。而在「正音」中，基本上是以初、盛唐詩爲主體，「音律之純」、「繫乎世道之盛」，是其超邁唐代他期詩作的主要原因。在楊氏眼中，盛唐之詩有著音律和諧、詞語精粹的藝術高度，且其時之作恰與國運世風的氣象頗爲相侔，呈顯出一片昂揚、進取的氣象，這使得盛唐之「盛」，不再僅是國運之「盛」，更是唐詩創作的「盛」世。以此觀之，楊士弘推揚盛唐氣象的主張，與嚴羽詩論立場是一致的。

除此之外，對於唐詩史由盛而衰的轉折關鍵，嚴羽表示：

> 學漢魏晉與盛唐詩者，臨濟下也；學大曆以還之詩者，曹洞下也。〔註 129〕

立，有待明人高棅的《唐詩品彙》付梓之後，才正式問世。

〔註 128〕〔元〕楊士弘：《唐音評注・唐詩正音目錄並序》（保定：河北大學出版社，2006 年 10 月），頁 74。

〔註 129〕〔宋〕嚴羽：《滄浪詩話・詩辨》五。

大曆時期，顯然是界分唐詩「盛」、「衰」的關鍵時點。這一個唐詩史觀的判斷，同樣出現在《唐音》之中。「正音」序：

> 附之以中唐、晚唐者，所以棄其遺風之變而僅存世也。故自大曆以降，雖有卓然成家，或淪於怪，或迫於險，或近於庸俗，或窮於寒苦，或流於靡麗，或過於刻削，皆不及錄，是以皇甫茂政而下止得三十三人以及晚唐三家，體製音律之相近者附焉，曰唐詩正音，凡六卷，通六十九人共詩八百八十五首（應爲八百八十四首），學詩因其聲音，審其制作，則自見矣。〔註130〕

楊士弘在此也以大曆作爲唐詩發展的轉捩點，自此而後的詩人，雖仍有卓然成家者，卻都有些許瑕疵——或險怪、或庸俗、或寒苦、或流靡、或刻削——難登大雅之堂。中唐詩人裡唯獨皇甫茂政等三十三人，及晚唐李商隱、許渾、杜牧等三家之作，於體製、音律有與盛唐相近者，故得同列「正音」之目。

「正音」有別於「始音」、「遺響」者，還在於體製的分類上。「正音」部分，先就詩體區分爲五、七言古詩，五、七言律詩，五、七言絕句；其次，再以時代分期，依（初）盛、中、晚的世次釐爲上、下，或上、中、下卷。此一編排體式前所未有，爲楊士弘之創體。而楊氏之所以對「正音」作如此細密的分類，自然是以其爲「音之正者」，所以必須仔細尋繹、析釐其特殊的質素。

在《唐音・遺響》序有一段話可以作爲楊氏唐詩史觀的補充：

> 嗟夫！唐之爲詩，上自人君公卿大夫，下至閭里女子，莫不以之相尚。故開元、大曆之間，溫柔敦厚之教發爲音聲，汎汎乎有雅頌之遺，皆足以昭著千載，何其盛歟！後雖多有不及，然皆研精覃思，以成其言，亦不可少也。余既編〈唐詩正音〉，今又採其餘者，名曰「遺響」，以見唐風之盛與夫音律之正變。學詩者先求於正音，得其情性之正，

〔註130〕〔元〕楊士弘：《唐音評注・唐詩正音目錄並序》（保定：河北大學出版社，2006年10月），頁74。

然後旁採乎此，亦足以益其藻思。觀者詳之。〔註 131〕

就「溫柔敦厚」的詩教原則看來，開元、大曆期間，仍具雅、頌遺音，所以足以流芳後世。然自大曆以下，詩人雖也研精覃思，努力開拓個人風格，期許能自成一家之言，成就卻多不及前代。因爲過分彰顯個人色彩的詩歌，容易流於險怪、庸俗等偏鋒，以致於無法合乎詩歌「持人性情」的「中和」原則，不得「情性之正」。楊氏在序中還明白言及讀閱《唐音》的步驟，應先求於「正音」，再旁採「遺響」，而「遺響」所可觀者，特別是在藻思之上，須留心詩人立意之巧，以及詞藻文采之上。所以就籠統的趨勢看來，大曆以降的詩歌創作，呈顯出每況愈下的情形。

但吾人若細究《唐音》三音分期的規律，會發現其與嚴羽詩論略有出入。主要是嚴羽對唐人詩作的優劣品騭，與其詩史分期有著較爲清晰的聯繫，《滄浪詩話》對於世次與詩歌評價的類比關係較爲《唐音》要明確得多，「始、盛、中（大曆、元和）、晚」之別，就等同於詩作價值的判斷。

明人陸深（1477～1544）在〈重刻唐音序〉中曾就此提出質疑：

襄城楊伯謙，審於聲律，其選唐諸詩，體裁辨而義例嚴，可謂勒成一家矣。……宋人宗義理而略性情，其於聲律，尤爲末義。故一代之作，每每不盡同於唐人，至於宋晚而詩之弊遂極矣。伯謙繼其後，乃有斯集，求方圓於規矩，概丈石以權衡，可不謂有功者耶？獨於初唐之詩無「正音」，而所謂「正音」者，晚唐之詩在焉；又所謂「遺響」者，則唐一代之詩咸在焉。豈亦有深意哉？〔註 132〕

陸氏立足於「揚唐抑宋」的基礎，對於宋詩「宗義理而略性情」多所批判，並指摘宋詩在「聲律」上缺少唐詩流美的韻味。在陸深看來，楊士弘《唐音》的編纂，正起著撥亂反正的效果，甚有功於詩壇。但他接著對《唐音》三音分類的準則提出批評，以爲楊氏此書仍有去取

〔註 131〕同上註：《唐音評注・唐詩遺響目錄並序》，頁 629。

〔註 132〕〔元〕陸深：〈重刻唐音序〉，收入《唐音評注・附錄》（保定：河北大學出版社，2006 年 10 月），頁 898。

失當，體例不夠嚴謹等弊端。尤其是「正音」之屬竟然收入晚唐詩，而「遺響」之目也涵納盛唐詩入其中。這在明人嚴於「四唐」分期的前景觀念下，使人匪夷所思。

同樣的意見，明人蘇伯衡（約 1390 年前後在世）在〈古詩選唐序〉中也表示：

> 自李唐一代之詩觀之：晚不及中，中不及盛。伯謙以盛唐、中唐、晚唐別之，其豈不以此乎？然而盛時之詩不謂之「正音」，而謂之「始音」；衰世之詩不論之「變音」，而謂之「正音」。又以盛唐、中唐、晚唐並謂之「遺響」。是以體裁論，而不以世變論也。其亦異乎大、小雅、十三國風之所以爲正、爲變矣。〔註 133〕

在蘇氏的詩史觀念中，明確存在「格以代降」的意識，故曰：「晚不及中，中不及盛」。而《唐音》這樣雜取合籠的編類方式，顯然不受明人青睞。蘇伯衡接著指出楊氏三音之別與四唐分期無法扣合的矛盾。並以此批判《唐音》編目，無法呈顯儒家詩學中的「正變」觀。

其實就宏觀的角度看來，陸深、蘇伯衡的質疑，反而被集端化約的詩史分期給侷限住，而把文學的演進與世道的升降做簡單化、機械化的聯繫。而且對詩歌本質的認識，陸、蘇二人更困處於《禮記・樂記》「音聲之道與政通」、「以音觀世」的苑囿，無法進行較靈活、通達的思辨，而對《唐音》的分類產生誤讀。

楊士弘在〈凡例〉中曾說：

> 「正音」以五七言古律絕各分類者，以見世次不同、音律高下，雖各成家，然體製聲響相類，欲以便於觀者；〔註 134〕

所以，「正音」係以體裁爲「經」，以時代爲「緯」，以之作爲分門別類的依據。在各詩體中，主要是以「體製聲響」作爲汰擇標準，所以

〔註 133〕〔元〕蘇伯衡：〈古詩選唐序〉，收入吳文治主編：《明詩話全編》（南京：江蘇古籍出版社，1997 年 12 月），頁 183。

〔註 134〕〔元〕楊士弘：《唐音評註・凡例》（保定：河北大學出版社，2006 年 10 月），頁 1。

在同體詩中，才足以「見世次不同、音律高下」。所以橫跨詩史分期的收錄方式，反而可將音聲相類的詩歌作品蒐聚齊觀，讀者細察將可明白詩體之流變，此乃楊氏用心所在。

如「遺響」序中，談到〈卷之一〉的選錄原則時說：

> 章懷太子一首……右二十七人，通詩四十二首，蓋自唐初至盛唐諸家之詩也，惜其全集不得見焉，開於諸書得其一二，故不入詩之正音，嚴其精粹者，冠於遺響，庶幾無遺憾云。〔註135〕
>
> 沈雲卿五首，……右八人通得詩三十一首，其合作者已錄正音，其句律參差不齊而皆可爲法者，重列於此云。〔註136〕
>
> 柳中庸二首……右十人通得詩四十首，皆中唐人詩，不得其全以考之，故不入正音，而諸書中採其律調精粹者類附於此云。〔註137〕

其中「嚴其精粹，冠於遺響」、「句律參差不齊而皆可爲法」、「律調精粹」云云，再再指出楊氏的歸類原則，並不以世次爲主，而是以音律、句律等美學原則爲要求。

「遺響」序卷之二處又說：

> 郎君胄一首，……右八人通得詩二十七首，其合作者已錄正音，其句律雖未甚純美，而其意調工致有不可棄者，再列於此云。〔註138〕
>
> 李長吉二十一首，……中唐以來雖皆卓然成家，然不能不墮於一偏之失，如李之險怪、盧之泛溢、孟之寒苦、元白之近俚，故不錄於正音，而擇其粹者附於此云。〔註139〕

除「句律純美」外，「意調工致」也是考量的要素之一，且在求其備的原則下，只要是尚有「粹者」的作品，即有其可觀之處，足堪參考。

〔註135〕同上註：《唐音評注·唐詩遺響目錄並序》，頁629。
〔註136〕同上註：《唐音評注·唐詩遺響目錄並序》，頁629。
〔註137〕同上註：《唐音評注·唐詩遺響目錄並序》，頁629。
〔註138〕同上註：《唐音評注·唐詩遺響目錄並序》，頁630。
〔註139〕同上註：《唐音評注·唐詩遺響目錄並序》，頁630。

「遺響」序卷之三則說：

> 賈浪仙八首，……右八人通得詩七十五首，皆晚唐以來名家之作也，惜其音律流靡，若賈之清刻、溫之麗縟，尚不合乎正音，況其下者乎，是以就其所長而採之，附於此云。〔註140〕
>
> 杜牧之十首，……右三人通得詩四十五首，晚唐來眾作之中獨能奇拔，取其音律近合盛唐者已附正音，再擇其可錄者附於此云。〔註141〕

所以晚唐以來詩家之作，或多有「音律流靡」之弊，但賈島的清刻、溫庭筠的麗縟、小李杜的奇拔，或許不合乎儒家詩教、中和之旨，卻都有存錄以供後人品味的價值。由此可知，對於音律、風格、審美體驗的強調，方是《唐音》用心之處。

對此，陶文鵬、魏祖欽也曾針對前人對《唐音》編製的批評，作出以下表示：

> 以世道來區分正變一直是儒家詩學的傳統，此書以體裁論而不以世變論正變，正是其獨到之處。然而，《唐音》正因此招致不少批評，有些人雖沒有提出批評，但他們往往把始音、正音、餘響，分別與初唐、盛唐、中晚唐各期簡單地對應起來，則是誤解楊士弘選詩重「音律之純」的本旨，這些人反不如楊士弘通達。楊氏從唐詩的音律、體製來探求其正變，由此才能更突出初、盛唐詩的歷史地位。〔註142〕

所以楊士弘的唐詩史觀，雖借鑑了嚴羽的分期，卻不爲之所囿，進而開展出比嚴羽更爲通達的批評理論。

由此可知楊士宏「正音」所選錄的詩歌作品，並不侷限於「初」、「盛」、「中」、「晚」某一特定時期，因其採用的不是後世慣用的時代分期，而是一種植根於音律、美感的判斷準則。同樣的，「始音」、「遺

〔註140〕同上註：《唐音評注・唐詩遺響目錄並序》，頁630。

〔註141〕同上註：《唐音評注・唐詩遺響目錄並序》，頁630。

〔註142〕陶文鵬，魏祖欽：《唐音評注・前言》（保定：河北大學出版社，2006年10月），頁10。

響」也只是某種詩歌表現的美學概念，並不存在與世次簡單比附的關係。這也可以解釋《唐音》中何以會出現世次、與三音分期的牴牾情形了。

行文至此，吾人應可清楚發現，在「正音」、「遺響」的世次分類原則，楊士弘接受了嚴羽五唐分期的概念，修正出三唐世次之說，並將之落實於選本體例之中。而對唐詩發展沿革中的關鍵時點——中唐——的認識，也同於嚴羽的主張。在「揚盛抑晚」的立場上，楊氏大抵也接受此一發展趨勢。只是在以詩歌體式為主的分目原則下，「始音」、「正音」、「遺響」所聯繫的，卻是繫於味不繫於時。這可謂為對嚴羽唐詩史觀的進一步發展。

不過如同前章《唐才子傳》處中有關嚴羽詩史觀的討論。嚴羽論詩也很重視辨別詩體，如〈詩評〉中即多次對於世次風格作出簡單的歸納：

> 大曆以前分明別是一副言語，晚唐分明別是一副言語，本朝諸公分明別是一副言語，如此見方許具一隻眼。(〈詩評〉一)
>
> 五言絕句眾唐人是一樣，少陵是一樣，韓退之是一樣，王荊公是一樣，本朝諸公是一樣。(〈詩評〉三)
>
> 唐人與本朝人詩未論工拙，直是氣象不同。(〈詩評〉五)

嚴羽以為，在不同時期、不同詩人間，自有其獨特的精神氣象，從而形塑出各別的詩歌風格。由此也衍申出異代之間的評價問題，形成鮮明的「揚唐抑宋」、「揚盛抑晚」的立場、色彩。不過在看似壁壘分明的詩史觀念下，嚴羽也曾補充道：

> 盛唐人詩亦有一二濫觴晚唐者，晚唐人詩亦有一二可入盛唐者，要當論其大概耳。(〈詩評〉四)

「論其大概」一句，正是避免立說過於武斷、絕對，產生一刀二分的偏誤判斷。

所以，在實際批評時，嚴羽也曾有過超越五唐分期的評價意見。如：

> 戎昱在盛唐爲最下，已濫觴晚唐矣。（〈詩評〉十六）
>
> 戎昱之詩有絕似晚唐者，權德輿之詩卻有絕似盛唐者，權德輿或有似韋蘇州、劉長卿處。（〈詩評〉十六）
>
> 李頻不全是晚唐，間有似劉隨州處。（〈詩評〉十八）

嚴羽在盛唐詩人戎昱的身上，已發現某些屬於晚唐詩風的特質，而權德輿雖非盛唐時人，卻也有絕似盛唐之作。所以在五唐分期中，隨時都存在著越界的可能，這也就是後人所謂的「逗漏」之處。〔註 143〕所以，嚴羽的唐詩史觀，並不是鐵板一塊，也存在著以詩歌風格作爲價值評判的原則，此即爲嚴氏通達的史觀的展現。而楊士弘對於三音分期的界分判準，似乎也延襲此一模式，只是在《唐音》中的展現，更加具體、深刻。

（三）風格論

宋代以降，受到時人「破體」觀念的影響，文體形態的界限於焉解放，在詩歌史上，終於出現一股足以抗衡唐體的宋體詩歌。然而在宋人創作普遍的文體越界過程中，「辨體」觀念卻也隱隱成形，探討「詩、文」之別，「詩、詞」之別的言論，漸漸形成一股「尊體」的理論流派。身處宋末的批評家嚴羽，對於宋人「以文字爲詩」、「以才學爲詩」、「以議論爲詩」的風氣甚表不滿，在經過一番批判、反省之後，嚴氏提出所謂的「本色」論述。自此而後，對於詩歌體式風格規範的「辨體」理論，更加成爲後世詩評家討論的熱點。

如前節所述，楊士弘在《唐音》的主體「正音」部分的編纂，係以詩體爲分體原則。而楊氏在不同詩體的體類中，努力汰擇出能夠代表該詩體的典範之作，意欲在浩瀚的唐詩中，指引後人正確的學習途徑。而此一採擇的過程中，即爲一種具體的「辨體」實踐，楊氏透過

〔註 143〕明人王世懋《藝圃擷餘》曾說：「唐律由初而盛，由盛而中，由中而晚，時代聲調，故自必不可同。然亦有初而逗盛，盛而逗中，中而逗晚者。何則？逗者，變之漸也，非逗，故無由變。」參見吳文治主編《明詩話全編》（南京：江蘇古籍出版社，1997 年 12 月），頁 4827。

選本的方式，向讀者展示其心目中各詩體的理想風格。

楊士弘在〈正音序〉中云：

> 五言古詩盛唐初變六朝，作者極多，然音律參差，各成其家。所可法者六人，共詩一百一十九首。中唐來作者多，獨韋、柳追陶、謝，可與前諸家相措而觀，故取之，通二人共詩五十九首。〔註144〕

在五言古詩方面，盛唐詩人足堪師法者有六人，以其「音律參差，各成其家」的原因入選。然而何謂之「音律參差」？楊氏所論是否僅落在句律音韻的討論層次？蔡瑜曾針對《唐音》中不斷提及的「音律」一詞作出定義：

> 楊士弘所謂的「音律」指的是詩人性情流出的風貌，實即詩作整全的藝術表現，詩歌的聲情自然涵括其中，而詞情的直接理會則更形重要，因此「音律」一辭實近於風格之義，只是必須注意其以「音律」來提時所側重的詩歌反映世道的意義。〔註145〕

所以，吾人可以明白，《唐音》中的「音律」實爲風格之義。接著，若配合詩選內容看來，入選者多半屬於王、孟、儲光羲、常建一派的山水田園詩。對中唐五古創作的考察，也是以「陶、謝」二人詩風作爲評判標準，所以興致高遠、沖澹自然，是五古一體最典範的詩風。在《滄浪詩話・詩評》中，嚴羽雖未分體評析五古應有的風格爲何，但他曾說：「康樂之詩精工、淵明之詩質而自然耳。」〔註146〕其歸納出謝靈運精工巧麗的山水詩作與陶淵明質樸自然的田園風格，也恰爲唐人五古創作的精粹所在。

至於七言古詩，〈正音序〉云：

> 七言古詩唐初作者亦少，獨王、岑、崔、李較多，然其音

〔註144〕〔元〕楊士弘編：《唐音評注・唐詩正音目錄並序・五言古詩》（保定：河北大學出版社，2006年10月），頁72。

〔註145〕參見氏著：〈《唐音》析論〉，《漢學研究》（第12卷第2期，1994年12月），頁256。

〔註146〕〔宋〕嚴羽：《滄浪詩話・詩評》十。

> 律沉渾皆足爲法者十人，共詩八十二首。〔註 147〕

楊士弘以爲在唐初、盛唐之時，七古的作品數量不多，只有王維、岑參、高適、崔顥、李頎、王之渙、儲光羲、孟浩然、常建等人有「音律沉渾」之作。所以「音律沉渾」係爲楊氏心目中七古的主要風格。吾人若參看「正音」選詩內容，可以發現所錄篇章，在風格上，多是氣體遒健、豪放健朗的歌行之作；在主題上，則是以邊塞詩風爲多。嚴羽《滄浪詩話》曾說：

> 高、岑之詩悲壯，讀之使人感慨。孟郊之詩刻苦，讀之使人不歡。（〈詩評〉三十）

而高、岑的「悲壯」詩風，更名列嚴羽「九品」風格之一，〔註 148〕而《唐音》以「沉渾」包納豪健、悲壯等風格，作爲七古的核心風格。

至於五、七言律詩，音律的「精純」與「純厚」，爲楊士弘擇錄的原則。其於〈正音序〉中云：

> 五言律詩唐初作者雖多，選其精純者十四人，共詩七十六首。〔註 149〕

> 唐初作七言律者極少，諸家不過所錄者是。然其音律純厚自然可法者九人，共詩二十六首。〔註 150〕

以五律而言，選詩以王維、孟浩然、岑參爲最多，而此三人之作，多能呈顯出情景交融的意境之美。所以，五律的要求係在詩歌音律與意境經營上，能表現一種渾融、諧美的風格。

至於七言律詩，「音律純厚，自然可法」則是希望在注重音律形式的「純厚」基礎之外，展現自然流麗的風格。在〈七言律詩〉的晚唐項下，楊士弘說：

〔註 147〕〔元〕楊士弘：《唐音評注．唐詩正音目錄並序．七言古詩》（保定：河北大學出版社，2006 年 10 月），頁 72。

〔註 148〕《滄浪詩話．詩辨》三：「詩之品有九：曰高、曰古、曰深、曰遠、曰長、曰雄渾、曰飄逸、曰悲壯、曰淒婉。」

〔註 149〕〔元〕楊士弘：《唐音評注．唐詩正音目錄並序．五言律詩》（保定：河北大學出版社，2006 年 10 月），頁 72。

〔註 150〕同上註：《唐音評注．唐詩正音目錄並序．七言律詩》，頁 73。

> 晚唐來作者愈盛而音律愈降，獨許渾、李商隱對偶精密，有可法者二人，共詩二十首。〔註151〕

可知「對偶精密」，是晚唐詩人許渾、李商隱入選「正音」的主要原因。由此可以理解，對於詩歌的詞藻、對偶、修辭等形式技巧，楊士弘並不偏廢。故七律的選錄原則，在「純厚」之外，還有精工富麗的一面。

嚴羽論詩雖然不以形式技巧爲務，但對於對偶修辭技巧，卻有一定的研究。在〈詩體〉中，嚴羽曾提及對偶的種類：「有十字對，有十字句，有十四字對，有十四字句，有扇對，有借對，有就句對」，〔註152〕不過，相對而言，嚴羽更重視的是詩作中整體的直觀美感。嚴氏〈詩評〉曾說：

> 建安之作全在氣象，不可尋枝摘葉；靈運之詩已是徹首尾成對句矣，是以不及建安也。(〈詩評〉十四)

建安詩歌以其渾成的氣象，超邁古今，而非後世尋枝摘葉、有句無篇的詩作所能追步。嚴羽接著批評道，在詩歌演變史中，謝靈運已有近乎格律詩首尾成對的格式出現，在技巧的表現上雖然精工，卻也失去了自然渾成的特質。當然，嚴羽此處談論的是屬於古詩創作方面的問題，律詩自有其格式上的要求，頷、頸二聯必得對偶。只是在細部技巧與整體氣象之間，嚴羽顯然有所側重。

最後在五、七言絕句上，楊士弘所追求的風格皆以高古爲依歸。「正音」序云：

> 五言絕句盛唐初變六朝〈子夜〉、〈楊柳〉之類，往往音調高古，皆可爲法。〔註153〕
>
> 七言絕句唐初作者尚少，獨王少伯、賀知章、王維而下，音律高古。〔註154〕

〔註151〕同上註：《唐音評注・唐詩正音目錄並序・七言律詩》，頁73。

〔註152〕〔宋〕嚴羽：《滄浪詩話・詩體》五。

〔註153〕〔元〕楊士弘：《唐音評注・唐詩正音目錄並序・五言絕句》(保定：河北大學出版社，2006年10月)，頁73。

〔註154〕同上註：《唐音評注・唐詩正音目錄並序・七言絕句》，頁74。

不論是「音調高古」或「音律高古」，指的都是饒富渾融意境，情思協婉之作。吾人觀察「正音」五絕所錄篇章，以王維入選十八首稱冠。風格都以情致悠遠的自然詩風爲多，在情味上甚有陶、謝古詩之遺風。故其格調，可謂高古。至於七絕，「正音」選錄詩家甚夥，但仍以「音律高古」爲採擇準的。

如前所述，嚴羽論詩歌風格有九品之別：

詩之品有九：曰高、曰古、曰深、曰遠、曰長、曰雄渾、曰飄逸、曰悲壯、曰淒婉。(〈詩辨〉三)

其中「高」、「古」二品，即是嚴羽特予推重者。而在「正音」中，楊士弘以之爲五、七言絕句的風格指歸。至於絕句一體的代表詩家，嚴羽在〈詩評〉中曾有：

大曆後劉夢得之絕句，張籍、王建之樂府，吾所深取耳。(〈詩評〉二十)

審之「正音」七絕所選錄之詩家，楊士弘也對劉禹錫甚爲推重，共選錄十五首之多，僅次於唐初王昌齡、晚唐李商隱的十七首。不過在大曆以後的中唐詩人群中，劉禹錫不僅是嚴羽所深取者，更是楊士弘對於中唐七絕詩家最爲看重者。

至於晚唐時期的七絕創作，「正音」序云：

晚唐來作者愈多，音律愈下，獨牧之、商隱其精思溫麗有可法者二人，共詩三十一首。〔註155〕

七絕一體於晚唐只選錄杜牧、李商隱二人詩作，其中多詠史懷古之屬。〈序〉中，楊士弘明白指出二人詩作「精思溫麗，有可法者」，故而擇而取之。此處楊氏的著眼點，與前謂「音律高古」有所不同，一如七律所側重的詞藻、審美要求，不以整體氣象取勝。

綜合上述詩體風格的析探，可以發現，楊士宏心中所謂「得體製音聲之正」的唐之正音，五、七言古詩以自然、沉渾之氣爲首選；在律詩方面，則以純厚的風格爲依歸，同時還強調詩歌的音樂性；在絕句方

〔註155〕同上註：《唐音評注・唐詩正音目錄並序・七言絕句》，頁74。

面，則流露出以高古爲主、溫麗爲輔的風格傾向。大抵而言，楊士弘推崇的是雅正清麗的詩作，並且重視詩歌意興、音調的流美，這是宋末元初以來，揚唐抑宋風氣影響下所形成的普遍審美趣味。所以，《唐音》在詩體風格的規範，多能在《滄浪詩話》中找到相對應的源頭。而嚴羽以降的唐詩審美觀，也在《唐音》的選本形式下，得到最具體的落實。

三、小 結

郭英德在〈元明的文學傳播與文學接受〉一文中曾說：

> 元明時期文學選本的編纂和刻印是相當普遍的文學現象和文化現象。〔註 156〕

這些文學選本，適應了社會的需求，在文人的大力鼓吹之下，所以能夠暢銷於世、流行一時。以《唐音》爲例，有文壇盟主虞集爲其作序，而其詩選調性又符合時代環境的需求，故能暢銷於世、流行一時。

而隨著這些選本的流布、傳播，會慢慢形成一種強大的感染力，它左右了時人對於文學接受的心理定勢，支配著文學創作、文學欣賞、文學評論等各種文學活動。

所以郭氏又說：

> 文學選本在實現其市場價值的同時，也獲得了文化價值，甚至獲得了意識形態的價值：它可以把占主流地位的文化觀念或文學觀念「傳染」到全社會，成爲一種社會的流行病。〔註 157〕

在這個薰陶、浸染的過程中，其主要的發動力量還是在於書商的刊印、發行。張宏生曾說：

> 書商的身份決定了其經營活動的營利目的，但是，由於書商往往也屬於知識階層，其經營過程也難免體現出個人的追求、喜好和興趣，因而自覺不自覺地對文化風氣產生影

〔註 156〕參見氏著：〈元明的文學傳播與文學接受〉，《求是學刊》（1999 年第 2 期），頁 79。

〔註 157〕同上註，頁 80。

響。〔註158〕

所以，在編選者與書商的相互合作下，選本的力量開始介入時代環境的文化視野。以元明時期爲例，濃厚的復古風氣，與是時選本、格法作品的大量刊刻和銷售，正起著推波助瀾的作用。所以藉由《唐音》於元、明二代的巨大影響力，對尊唐意識的推闡以及嚴羽詩論的傳播、接受，都有相當大的功績。

明宋訥（1311～1390）在〈唐音緝釋序〉中說：

> 襄城楊伯謙，詩好唐，集若干卷，以備諸體，仍分盛、中、晚爲三，世道升降，聲文之成，安得不隨之而變也，總名曰《唐音》，既鏤梓，天下學詩而嗜唐者，爭售而讀之。可謂選唐之冠乎！〔註159〕

宋訥以爲《唐音》之作，在體製上備於諸體，在審美上符合「聲文之成」的要求，又能知「世道升降」，故足享「選唐之冠」的美譽。引文中還提到該書付梓之後，洛陽爲之紙貴，《唐音》立即成爲時人競相購買的唐詩經典選本，是唐代詩選中的翹楚之作。

時代略晚於宋訥的梁潛（1366～1418）在〈跋唐後詩〉中也曾有類似的意見。

> 唐諸家之詩，自襄城楊伯謙所選外，幾廢不見於世。予亦以爲伯謙擇之精矣，其餘雖不見無傷也。〔註160〕

文中點出《唐音》一書對於其他唐詩選本產生極大的排擠作用，甚至一時之間讓其他選本「幾廢不見於世」，可知《唐音》在當時影響之大。

另外，程敏政（1445？～1500？）在〈志雲先生集序〉中也推崇《唐音》：「詮變精審，成一家之言，談者尚之。」〔註161〕明代茶陵

〔註158〕參見氏著：《宋詩：融通與開拓·物質文明發展中的書商與詩派》（上海：上海古籍出版社，2001年12月），頁177。

〔註159〕〔明〕宋訥：〈唐音緝釋序〉，收入《唐音評注·附錄》（保定：河北大學出版社，2006年10月），頁897。

〔註160〕〔明〕梁潛：〈跋唐後詩〉，收入吳文治主編《明詩話全編》（南京：江蘇古籍出版社，1997年12月），頁439。

〔註161〕〔明〕程敏政：〈志雲先生集序〉，收入吳文治主編《明詩話全編》

詩派宗主李東陽（1447～1516）在《懷麓堂詩話》中也曾說：「選唐詩者，惟楊士弘《唐音》爲庶幾。」〔註 162〕所以，《唐音》實可謂爲元代末年至明代中葉兩百年間，流傳最廣、影響最大的唐詩選本。

《唐音》一書無論在「吟詠情性」的本體認識，或者是「揚盛抑晚」、「三唐」分期的詩史論，甚至是對自然、清麗風格的好尙，都與嚴羽詩論有著內在聯繫。只是在時風影響下，《唐音》較爲重視儒家詩教傳統，並且由「以音觀世」的立場出發，發展出一套唐詩的「正變」史觀。這與嚴羽重視氣象、興趣，以藝術審美勾勒出對唐詩歷史沿革的認識略有不同。

但如同前揭文論家所言，《唐音》的付梓在文壇造成相當大的衝擊。尤其是書問世之後，對明代詩壇的文學思潮演變有著極大的貢獻。嚴羽詩論在《唐音》的推波助瀾之下，也逐漸深入民心，成爲宗唐詩論中最具影響力的詩學論著。

第三節　其他詩評家與嚴羽詩論的聯繫

以延祐元年爲界，後期詩壇呈現一股崇尙雅正的風氣。此一時期元詩四大家：虞集、楊載、范梈、揭傒斯等人相繼步踵詩壇，可謂爲元詩發展的鼎盛時期。在此時期中，除上述格、法類作品以及《唐音》與嚴羽詩論有直接的承繼關係外，還有一些詩評家有零星的詩學主張或與嚴羽存在可能的聯繫，但在缺乏文獻佐證的情況下，姑且於本節作簡單的論述，可聊備爲觀察嚴羽詩論接受情況的參考。

一、虞　集

虞集，字伯生，號道園，祖籍四川仁壽，後遷居江西崇仁，爲元代著名的學者、文學家。其於理學頗有會心，在詩學主張上以雅正爲

（南京：江蘇古籍出版社，1997 年 12 月），頁 1596。

〔註 162〕〔明〕李東陽：《懷麓堂詩話》，收入吳文治主編《明詩話全編》（南京：江蘇古籍出版社，1997 年 12 月），頁 1630。

原則，服膺儒家正統文學觀。有《道園學古錄》、《道園遺稿》傳世。〔註 163〕

虞集〈磵谷居愧藁序〉曾有段言論泛論宋詩：

> 宋人尚進士業，詩道寥落。及入官，又有不暇及者。而南渡以來，若陳簡齋參政、放翁陸公、誠齋楊公，擅名當世。〔註 164〕

虞集以為宋代士人專意於仕宦，並無心於詩。當這些文人為官之後，更無閒暇餘情賦詩詠懷，以致於詩道寥落不振。試圖從宋代的時代背景，尋找出宋詩成就不如前人的原因。不過虞集對於宋室南渡之後的諸多詩人卻語多表彰，諸如陳與義、陸游、楊萬里，以詩聞名一時。可推知其雖對宋詩整體成就有所微詞，但對少數特出的詩人卻不吝給予肯定。

另外，虞集也曾有詩、禪關係的相關言論，〈會上人詩序〉云：

> 浮圖氏之入中國也，不以立言語文字為宗，於詩乎何有？然以其超詣特卓之見，撙節隱括以為辭，固有浩博宏達，大過於人者，則固詩之別出者也。而浮圖氏以詩言者，至唐為盛。世傳寒山子之屬，音節清古，理致深遠，士君子多道之。〔註 165〕

文中提到佛教進入中國之後，禪宗以「不立文字」為宗旨，故其本應與詩無關。但有修於禪者，往往識見超詣卓越，在文字表達上呈現出隱約、超脫的特色，恰恰符合詩歌言外之意的追求，故雖非詩學之正統，卻可謂為「詩之別出」者。發展至唐，詩僧日多，其詩歌的質與

〔註 163〕在元代格、法作品中，有《虞侍書金陵詩講》一書或題為虞集（1272～1348）所撰，該書收錄於史潛《新編名賢詩法》中。但此本在《傅與礪詩法》中題為《詩法正宗》為揭曼碩述，另外王用章《詩法源流》、朱紱《名家詩法彙編》、胡文煥《格致叢書》亦皆題為《詩法正宗》，也都題為揭曼碩的作品，故其歸屬依現存最早版本，不列於此處討論。

〔註 164〕〔元〕虞集：〈磵谷居愧藁序〉，收入吳主治主編《遼金元詩話全編》（南京：鳳凰出版社，2006 年 12 月），頁 2064。

〔註 165〕同上註：〈會上人詩序〉，頁 2064。

量均足以斐然名家，其中尤以寒山爲最，在文人士大夫眼中，寒山詩歌有「音節清古」、「理致深遠」等特色，故爲後人所稱道。由這段文字可以發現，虞集於詩雖主雅正，但對於僧人作詩，卻以一種兼容並蓄的態度看待之。而其對於禪、詩之間的交流，顯然是持肯定的態度，故而有「浩博宏達」、「大過於人」的整體評價。

從元詩四大家之一的虞集對於宋詩評價、詩禪關係的態度，可資爲吾人考察元代後期詩壇風尚的重要參考，對於了解嚴羽詩論於是時接受的時代環境有著重大的意義。

二、歐陽玄

歐陽玄（1274～1357），字原功，號圭齋，湖南瀏陽人。元文宗時授翰林修撰，與修《經世大典》，後拜翰林直學士，與揭傒斯同修宋、遼、金三史，其詩學觀與虞集頗爲相近，也主張雅正渾厚之風。有《圭齋文集》傳世。

歐陽玄在〈羅舜美詩序〉中曾提及「我元延祐以來，彌文日盛。京師諸名公，咸宗魏、晉、唐，一去金、宋季世之弊，而趨於雅正。」〔註 166〕可作爲吾人了解元代後期詩壇風氣的重要指標，從文中自詡本朝「彌文日盛」以及對金、宋季世之弊的批評，也可看出對於元人復歸「雅正」的文風旂向，歐陽氏是深表自豪的。另外在〈李宏謨詩序〉中，歐陽玄又再次提到元代詩壇好尚「雅正」的經過：

> 宋訖科舉廢，士多學詩，而前五十年所傳士大夫詩多未脫時文故習。聖元科詔頒，士亦未嘗廢詩學，而詩皆趨於雅正。〔註 167〕

宋亡之後，元興廢除科舉，在窮經皓首卻無所進仕的情況下，多數文人將心力移轉於詩歌創作之上。不過歐陽氏以爲，元代前期仍未擺脫

〔註 166〕〔元〕歐陽玄：〈羅舜美詩序〉，收入吳主治主編《遼金元詩話全編》（南京：鳳凰出版社，2006 年 12 月），頁 2084。

〔註 167〕〔元〕歐陽玄：〈李宏謨詩序〉，收入曾永義編輯《元代文學批評資料彙編》（下）（臺北：成文出版社，1978 年 9 月），頁 562。

「時文故習」的色彩，一直到了延祐復科之後，文人對於詩歌創作的熱情並未因此而消褪，反而在精進學問根柢之後，使詩壇發展漸漸趨於雅正。

至於「雅正」文風下，元人取法的對象爲何？吾人可由〈蕭同可詩序〉窺知一二：

> 詩自漢、魏以下，莫盛於唐、宋。東都南渡，名家可數，而可恨者亦多。金人疏越跌宕之音，自謂吳人萎靡。然概之大雅，鈞未爲得也。至元間，山林遺老，閒暇抒思之詠，一二搢紳大夫，以其和平之氣，弄翰自娛。於是著論原委，益陋舊尚。近時學者，於詩無作則已，作則五言必歸黃初，歌行、樂府、七言，蘄至盛唐。雖才趣高下，造語不同，而向時二家所守矩矱，則有不施用於今者矣。〔註 168〕

文中歐陽玄以「漢、魏」、「唐、宋」作爲詩之盛世，但當宋室內渡之後，文風爲之萎靡不振，不復「大雅」之風。入元之後，時人或有「閒暇抒思之詠」、或以「和平之氣，弄翰自娛」，但其格調仍舊不高。直至近代諸家明確以黃初、盛唐爲法，守其門庭規範，始略有所成。由此可知取徑古人，是歐陽玄主張的創作方法。

至於古人之詩有何優點？值得後人再三學習？歐陽玄在〈虛籟集序〉中提到：

> 古人之詩，被之絃歌，其入人之深，猶有待於聲：今人之詩，簡牘而已，或一字之工，一言之妙，眞能使人心存而不忘，以是往往知音於千里之外，會心於百世之下，求其所以然而莫知。孰使然，非天乎？〔註 169〕

這裡歐陽氏強調古人之詩被之管絃的音樂性，以爲音韻上的美感加強了詩歌動人的力量。反觀今人之詩，只可謂之簡牘而已，只工於一字、一言之巧，雖皆有感動人心的力量，但今人之詩，似乎失卻了古人感

〔註 168〕〔元〕歐陽玄：〈蕭同可詩序〉，收入吳主治主編《遼金元詩話全編》（南京：鳳凰出版社，2006 年 12 月），頁 2084。

〔註 169〕同上註：〈虛籟集序〉，頁 2083。

發人心的特質。所以歐陽玄對於古人之詩的學習，實則有鑒於近人爲務工巧的機心，故而崇尚具有自然音律美感的古人天然之作。

不過除了師法古人之外，歐陽玄也不忘詩人性情的重要，其〈梅南詩序〉云：

> 詩，得於性情者爲上，得之於學問者次之；不期工者爲工，求工而得工者次之。《離騷》不及《三百篇》，漢、魏、六朝不及《離騷》，唐人不及漢、魏、六朝，宋人不及唐人，皆此之以。而習詩者不察也。〔註170〕

在「性情」、「學問」二者之間，歐陽玄以爲存在著從屬、先後的次第。他以得之自然「性情」者爲上，而專務學問、工於精巧者爲下。歐陽玄以此帶出了詩學復古論的詩統，以爲《詩經》優位於《楚辭》，《楚辭》又較漢魏、六朝篇什爲佳，如此「格以代降」的次第而下。但是否時代較古者，情性必然較今人深刻？卻是頗堪質疑的問題，不過就詩歌發展於技巧、形式上的規範由簡而繁的趨勢看來，遠古詩歌的確較具「不期工者爲工」的自然美感。

最後關於江西詩派的興衰起伏，歐陽玄在〈羅舜美詩序〉曾云：

> 江西詩，在宋東都時，宗黃太史，號江西詩派。然不皆江西人也。南渡後，楊廷秀好爲新體詩，學者亦宗之。雖楊宗少於黃，然詩亦小變。宋末，須溪劉會孟出於廬陵。適科目廢，士子專意學詩。會孟點校諸家甚精，而自作多奇崛，眾翕然宗之。於是詩又一變矣。我元延祐以來，彌文日盛。京師諸名公，咸宗魏、晉、唐，一去金、宋季世之弊，而趨於雅正。詩丕變而近於古。江西士之京師者，其詩亦盡棄其舊習焉。〔註171〕

文中言及江西詩派於北宋成派經過，指出該派以黃庭堅爲宗祖，其跟隨者非盡皆江西人，係「以味不以形」而成的重要流派。但宋室南遷之後，楊萬里等人出入江西詩派而開出新徑，雖仍宗山谷之詩，卻有

〔註170〕同上註：〈梅南詩序〉，頁2083。

〔註171〕同上註：〈羅舜美詩序〉，，頁2084。

所變化。南宋末年劉辰翁以奇崛之作，引領易代之際的詩學風尙，使詩風爲之丕變。不過「雅正」的詩風一直到了延祐復科取士才眞正復興，至此才一掃宋、金時弊，而有回復古風的趨向。受此風影響，連江西的文人也都盡棄舊習，至此南宋以降一直備受批評的江西詩派，才慢慢走入歷史之中。

由此可知歐陽玄對於以江西詩派爲主的宋詩亦有微詞，並以恢復古調爲詩之正道，以雅正爲依歸。不過歐陽氏雖然有復古史觀，但其也強調情性、天然，所以並不是以摹擬、抄襲爲務，而是主張學習古調披之弦歌、感動人心的美感。其尙古、重詩歌美感、界分唐宋、重視情性等諸多主張，都與嚴羽詩論主張頗爲相近。

三、鄧文原

鄧文原（1258～1328），字善之，緜州（今四川綿州）人。曾任集賢直學士，兼國子祭酒。今存《巴西文集》遺世。

從鄧文原論詩文字看來，似乎頗受佛門內典影響。其〈頭佗李大方詩集序〉云：

> 唐僧類能詩，往往以空玄爲工，視世故若不屑然。吾觀古之善學佛者，一垢淨，齊喧寂，等物我，不問有無，不著苦樂，必以空者爲工。是猶滯於一偏，而非其道之至也。大方之詩融會貫徹，博周事物，而非汙窮極理奥，而非隱是，殆有得於古之學佛者乎？凡學必有悟而入，若扁之斲輪，慶之削鐻，痀之承蜩。凡伎皆然，而況於道也。知道者視詩爲末，然非知道不足以言詩。……經之言曰：「文字不內不外，不在中間，是故無離文字，說解脫也。」知此則佛道幾矣，豈惟詩哉？〔註172〕

鄧氏以爲僧人之作往往執於「空」觀，務以「空玄爲工」，卻犯了滯於一偏的毛病，而非道之極至。眞正於佛學有所成者，應如李大方詩，

〔註172〕〔元〕鄧文原：〈頭陀師李大方詩集序〉，收入吳主治主編《遼金元詩話全編》（南京：鳳凰出版社，2006年12月），頁2288。

融會貫徹、博周事物，並不言理談玄爲務，可謂深得詩學悟入之理。去其兩執，即爲中道，但了悟者卻不能執著於「中」，這種隨是隨掃、不矜於心的透脫態度，即佛典所謂「文字不內不外，不在中間，是故無離文字」，能夠超脫文字相，而活用文字。審之詩、禪關係，歷來支持、反對者各有其本。在禪、詩最終落腳處，一爲宗教、一爲藝術，自然有所不同，但在對於「文字」這個表意的媒材的態度，卻有極爲相似之處。禪家講「不立文字」但在度化眾生又往往「不離文字」，一如詩歌重視的美感境界，需藉由文字的興發而至。鄧氏此處所言，很精確地說明了文字與佛道的關係，也點出了文字與詩歌之間若即若離的微妙特質。

另外，在〈雪菴長語詩序〉中，鄧文原說：

> 學釋氏者，曰佛以妙圓清淨，究竟眞如，視語言文字猶夢幻空花，本非實有，然方便設教，該括眾理，鉅細靡遺，曷嘗厭語言文字哉？說者謂此爲妄根塵識，冥迷先覺者。若上智則不假世絺，直悟宗乘法性，既空言於何有，幾於得意忘象，得象忘言者耶？佛有頭陀教，今大同李公玄暉爲宗師，遇手繙貝多心研般若之暇，有所感發，輒爲歌詩，以宣道其意。或訊公曰：「頭陀氏草衣糲食，勤修苦行，何搰搰焉以詩爲事？」公笑日：「此吾長語也。」聽者能知長語爲非長語，則佛道可默識矣。公早業儒，交友皆當世名卿相，工大字，所謂技進乎道者，受知聖朝，位昭文館大學士，而不衒智能，不著貪欲，故爲詩沖淡粹美，有山林老學貞遁之風焉。昔高閑上人善草書，昌黎公言淡與泊相遭。若有疑於高閑者。然必先淡泊而後通變化，豈惟書哉？詩道由是爾。〔註 173〕

鄧氏此段文字解決了長期以來人們對於僧人作詩、言詩的矛盾質疑。文字之於釋門，不過是「夢幻空花，本非實有」，而釋門對於文字的

〔註 173〕〔元〕鄧文原：〈雪菴長語詩序〉，收入曾永義編輯《元代文學批評資料彙編》（下）（臺北：成文出版社，1978 年 9 月），頁 493。

使用，不過是出於「方便設教」之故。故通達者不拘於小處，而能以更宏闊的態度對文字做恰如其分的使用，一如《周易》以降的言、象、意的關係，要能捨筏登岸。鄧氏以李玄暉好以歌詩宣道其意爲例，雖時人質疑其「何以揩揩焉以詩爲事」，但對於超脫表象而進於道的李玄暉而言，歌詩語言並非有形的束縛，不過是其佛理體驗的暫時載體罷。後續鄧氏以李氏也工於書道爲例，以爲其胸懷不以智能爲衒、不受貪欲所著，故發而爲詩則一派「沖淡粹美」，是《莊子》所謂「技進乎道」的眞實體現。故從鄧氏談文論釋的主張，可以作爲詩、禪關係論辨的極佳佐證，這對唐、宋以至嚴羽之世，討論日益熱烈的詩、禪論述，有著相當程度的意義、價值。

四、許有壬

許有壬（1287～1364），字可用，河南湯陰人。延祐二年進士，官至集賢大學士、中書左丞兼太子左諭德。其文章雄渾宏肆，是當時頗負盛名的臺閣文人。其文集中頗多以七絕論詩的作品，諸如李白、杜甫、蘇軾等人，皆常出現在其詩文之中，評騭頗有意趣。今傳《至正集》、《圭塘小藁》等書。

其於詩宗盛唐，但對於宋詩卻也給予應有的尊重。其於〈周栙洲詩序〉中云：

> 詩難乎？鄙人女子率爾成章。詩易乎？千百年文人才子雕心劌胃白首不能已。率爾成者後世無以尚。雕心劌胃而論者，千創百孔，漢魏而下可考也。詩有時乎？唐虞〈賡歌〉後有《三百篇》，《三百篇》後有《騷》，《騷》之後有漢魏，有盛唐。詩有地乎？譜江西者雖曰人不皆江西，詩皆江西。四洪、徐、謝詩果皆江西乎？謂形異味同，味果皆同乎？由是言之，謂之難不可謂之易，亦不可論以時，不可論以地，亦不可顧人心所何如耳。宋南渡，放翁後詩可數。及其季世，溺於所習，工者尤人，而人心之詩未嘗泯也。〔註174〕

〔註174〕〔元〕許有壬：〈周栙洲詩序〉，收入吳主治主編《遼金元詩話全編》

對於「詩」之難易的問題，許有壬以鄙人女子、文人才子不同的創作態度爲例，似乎沒有必然的道理。而在「詩有時乎」的疑問下，許氏明確以《詩》、《騷》、漢魏、盛唐，作爲以時爲序的代表。而「詩有地乎」的問題，則以江西詩派爲例，文中以洪朋、洪芻、洪炎、洪羽以及徐、謝諸人，反思楊萬里以降「以味不以形」的判斷，提出「味果皆同乎」的質疑。所以在詩之「難易」、「時地」的辨證下，許氏得出「謂之難不可謂之易，亦不可論以時，不可論以地」的結論，「人心」才是詩之根柢。而南宋之後詩，除陸游外後之學者漸漸溺於所習，以致於失卻了發乎「胸中之蘊」的詩心。這些對於「人心」意義的表彰，在一片學古風尚中，顯得格外鮮明。

在具體創作工夫論上，許有壬主張：

> 愚敢以所聞進，曰學、曰師、曰識、曰力而已。學以聚之，師以傳之，識以別之，力以終之，四者不廢，一旦自得，有不期然而然者矣！〔註 175〕

許氏仍舊主張「學」、「師」、「識」、「力」，希望在「聚學」、「師傳」、「識別」等基礎之上「力以終之」。最終期待的仍是一種厚積薄發、「不期然而然」的靈妙時刻，這與嚴羽「妙悟」之說有著極爲相似的歷程特色。

五、蘇天爵

蘇天爵（1294～1352），字伯脩，號滋溪，眞定（今河北正定）人。曾任監察御史、禮部侍郎、中書參議等職，頗有志於文學，著有《滋溪文稿》、《春風亭筆記》等書。

蘇氏論詩主盛唐之音，其〈書吳子高詩稿後〉云：

> 夫詩莫盛於唐，莫逾于杜甫氏，其敘事核實，風諭深遠，後世號稱史詩。〔註 176〕

（南京：鳳凰出版社，2006 年 12 月），頁 2303。

〔註 175〕同上註：〈跋納琳文燦詩〉，頁 2309。

〔註 176〕同上註：〈書吳子高詩稿後〉，頁 2361。

以爲唐詩爲詩史盛世，其中又以杜甫爲最。而杜甫之所以邁越古今，以其「敘事核實、風諭深遠」之故，從這兩句的評價概括，可以發現蘇氏承繼了宋人對於杜詩的評價觀點，並以「史詩」稱頌杜甫篇什。

對於盛唐及杜甫的推崇，其立場與嚴羽相近。但蘇天爵略過李白不談，獨標杜甫，顯然在李杜優劣的態度上，有揚杜抑李的傾向。

另外，在唐詩評騭及風格的認識方面，蘇天爵也表現出兼容並蓄的開放視野。其於〈西林李先生詩集序〉云：

> 夫自漢魏以降，言詩者莫盛於唐。方其盛時，李杜擅其宗，其他則韋柳之沖和，元白之平易，溫李之新，郊島之苦，亦各能自名其家，卓然一代文人之制作矣。〔註177〕

於詩史發展過中，蘇氏以盛唐爲最，以李、杜光耀是時之故，而爲後世詩人所宗。但在對唐詩的認識，蘇天爵並不囿於盛唐方域，而能下參中、晚，故其以沖和評韋、柳之詩，以平易論元、白之作，溫、李二人詩頗新巧，郊、島之徒語多苦澀，而「亦各能自名其家，卓然一代文人之制作矣」一句，表現了蘇氏對於多元詩風的接受態度。故其論詩雖以盛唐爲宗，卻不落門庭、執於一隅而有所偏頗，在審納的態度上，實較嚴羽來得通達弘闊。

六、楊維楨

楊維楨（1296～1370），字廉夫，號鐵崖，又號鐵笛道人、抱遺老人，諸暨（今浙江山陰）人。泰定四年進士，官至建德路總管府推官。元末曾避亂錢塘，入明後未再出仕。著有《東維子文集》、《鐵崖古樂府》、《復古詩集》等書。楊氏以詩文擅名一時，尤以古樂府著稱，所著詩篇號爲「鐵崖體」，詩中表現出反對復古、主張師心，尚今、尚我的獨立精神。

楊維楨是元代後期的詩壇怪傑，論詩以情性爲主。但情性之外，還兼及格調。其於〈趙氏詩錄序〉中提到：

〔註177〕同上註：〈西林李先生詩集序〉，頁2356。

評詩之品無異人品也。人有面目、骨體，有情性、神氣，詩之醜好、高下亦然。風雅而降爲騷，而降爲十九首，十九首而降爲陶杜，爲二李，其情性不野，神氣不群，故其骨骼不庳，面目不鄙。嘻！此詩之品在後無尚也。下是爲齊梁，爲晚唐、季宋、其面目日鄙，骨骼日庳，其情性神氣可知已。嘻！學詩於晚唐季宋之後，而欲上下陶杜、二李以薄乎騷雅，亦落落乎其難哉！然詩之情性神氣，古今無間也。得古之情性、神氣，則古之詩在也。然而面目未識，而得其骨骼，妄矣；骨骼未得，而謂得其情性，妄矣；情性未得，而謂得其神氣，益妄矣。〔註 178〕

此處將詩品比爲人品，楊維楨以爲人有「面目」、「骨骼」、「情性」、「神氣」，詩品亦然，而此四門，必先識其面目、骨骼，而後得其情性、神氣。若具體落實於詩來看，楊氏所謂詩之「面目」、「骨骼」，已發明代詩學「格調」論述的先聲。不過學詩者若僅止於「面目」、「骨骼」層次的學習，則只得古人之皮毛，眞正應用力之處，乃在「情性」、「神氣」之上。而「情性」、「神氣」，即是古人詩作中個體性格的展現，故其雖也倡議師法古人，卻不是機械式的模擬，而是倡導由個體情性的精神內容下手。

除此之外，此序勾勒的詩學史觀也頗堪留意，除《詩》、《騷》、《古詩》之外，陶杜、二李最爲楊維楨所推崇。其中對於李賀怪誕風格的好尚與學習，更是楊氏詩風的一大特色，故於詩史評價中，楊維楨以「二李」並稱，並以爲習之足以「薄乎騷雅」而得古之情性、神氣也。所以在學習古人的主張中，楊維楨仍舊不忘凸顯詩人主體的資質、情性。其於〈李仲虞詩序〉中云：

刪後求詩者尚家數，家數之大無止乎杜。宗杜者要隨其人之資所得爾。資之拙者，又隨其師之所傳得之爾。詩得於師，固不若得於資之爲優也。詩者人之情性也，人各有情性，則

〔註 178〕〔元〕楊維楨：〈趙氏詩錄序〉，收入吳主治主編《遼金元詩話全編》（南京：鳳凰出版社，2006 年 12 月），頁 2376。

人有各詩也。得於師者，其得爲吾自家之詩哉！〔註179〕

在世人一片取法杜詩的風氣中，楊維楨也不免於俗的以杜甫爲古今詩人之大家數。但楊氏提出一個很寶貴的看法，即爲「宗杜者要隨其人之資所得爾」。楊維楨以爲每個詩人都受資質高低有有所侷限，即便在學古之時，詩人個體的質性被納入討論的範疇之中。以其自身對於李賀詩歌的好尚，即是其秉性資質的一種偏嗜展現。楊維楨以爲「人各有情性」、「人有各詩」，古人之作雖佳，但在學習的過程中切不可泯滅了自身的本來面目，要以得「吾自家之詩」爲目標，才不是摹擬造作而乏情性的作品。另外，在〈剡韶詩序〉中，楊維楨更進一步提到「學」的問題：

> 或問詩可學乎？曰：「詩不可以學爲也。詩本情性，有性此有情，有情此有詩也。上而言之，雅詩情純，風詩情雜；下而言之，屈詩情騷，陶詩情靖，李詩情逸，杜詩情厚。詩之狀未有不依情而出也。雖然不可學；詩之所出者不可以無學也。聲和平中正必由於情，情和平中正或失於性，則學問之功得矣。〔註180〕

楊氏提出詩歌「因情而異」的觀點，本之「情性」的詩歌，往往會因詩人主體的情性不同而於詩歌風格上有不同的展現。如李白詩歌飄逸、杜甫詩歌純厚、陶淵明詩平和、屈原辭賦則充滿騷情。所以詩歌的風格係「依情而出」，所以無須在外在表象之上孜孜學習，而應由「情」、「性」的涵養、改變做起。所以汝果欲學詩，應將心力放在「情性」之上，方是正途。

另外，值得注意的是「中正和平」的詩學主張，這在主張張揚個人情性的楊維楨筆下，顯得格外有趣。其實楊氏詩學主張與儒家淵源頗深，其〈郭義仲詩集序〉云：

> 詩與聲又始而邪正本諸情。皇世之辭無所述問，見於帝世，而備於《三百篇》，變於楚〈離騷〉、漢樂歌，再變於〈琴

〔註179〕同上註：〈李仲虞詩序〉，頁2377。

〔註180〕同上註：〈剡韶詩序〉，頁2378。

操〉、五七言，大變於聲律，馴至末唐季宋而其弊極矣。君子於詩，可觀世變者類此。古之詩人類有道，故發諸詠歌，其聲和以平，其思深以長。〔註181〕

這裡提出「邪」、「正」本諸「情」的觀點，楊氏以爲《詩經》以降詩歌經歷諸多改變，楚《騷》、漢歌……等，或於聲律、或於形式而有所變異，看起來世變的趨勢是以淪落之姿，至晚唐、宋代爲其弊之極至。從以「正變」、「邪正」論詩，主「中正和平」之音的主張看來，在楊維楨的內心深處，仍是以儒家詩學爲最終歸宿。

在〈金信詩集序〉中，楊維楨也對詩史發展有較爲精細的勾勒：

自《三百篇》後，人傳之者凡幾何人？屈賈、蘇李、司馬楊雄尚矣。其次爲曹劉、阮謝、陶韋、李杜之迭自名家。大抵言出而精，無龐而弗律也；義據而定，無淫而弗軌也。下此爲唐人之律，宋人樂章，禪林提唱，無鄉牛社丁俚之謠，詩之敝極矣。〔註182〕

在以「人」爲傳的聯繫中，屈、賈、蘇、李、司馬、揚雄等人爲漢詩的代表作家；而曹、劉、阮、謝、陶爲六朝時名家，杜、杜、韋等詩人則是踵繼前人迭自名家。所以在承繼淵源上，仍以《詩經》爲起始。而詩歌之作，要以「言精」、「義據」爲要求，要避免龐雜、無律可依的窘迫處境。比較特殊的是，楊維楨對於唐人律詩之作、禪林提唱並無好評，可推知其崇尚自然、宗主儒家詩道的立場態度。

楊氏於〈詩史宗要序〉中再次強調「詩教」的重要：

詩之教也，遂散於鄉人，來於國史，而被諸歌樂，所以養人心，厚天倫易風俗之具實在於是。後世風變而騷，騷變而選，流雖云遠，而原尚根於是也。魏晉而下，其教遂熄矣。求詩者類求端序於聲病之末，而本諸三綱，遠之五常者，遂棄弗尋。國史所資，又何采焉？及李唐之盛，士以詩命世者始百數家，尚有襲六代之敝者。唯老杜氏慨然起，

〔註181〕同上註：〈郭義仲詩集序〉，頁2380。

〔註182〕同上註：〈金信詩集序〉，頁2382。

攬千載既墜之緒，陳古諷今，言詩者宗爲一代詩史，下洗哇淫，上薄風雅，使海內靡然沒知有百篇之旨。議論杜氏之功者，謂不在騷人之下，噫！此世末學咸知誦少陵之詩矣，而弗求其旨義之所從出，則又痞末失本，與六代之弊同。余爲太息者有年。〔註 183〕

明確的以「養人心」、「厚天倫」、「易風俗」爲詩歌的職志、爲詩歌的根柢。後世雖有形式、技巧上的變化，但直至漢魏，其根柢尚在。然而魏晉而降，已不談詩教，三綱、五常等倫理價值已被六朝文人所拋棄，一直到了李唐盛時，杜甫慨然奮起才使得詩道爲之一振。在上薄風雅、下洗哇淫的評價之後，杜詩「旨義」的的確認，擺脫了靡靡之音的譏評，成爲楊氏心目中的經典作家。

至於「詩史觀」，楊維楨以宋代爲詩弊之最，云：

詩之弊至宋末而極，我朝詩人往往造盛唐之選，不極乎晉、魏、漢、楚不止也，畫亦然。〔註 184〕

對於宋人詩歌成就的蔑視，與嚴羽的唐詩史觀頗爲近似。楊氏並且指出元人詩學「盛唐」的風格旂向，這些觀點皆可作爲討論嚴羽詩論接受研究、參考。

七、孔　暘

孔暘〈午溪集序〉中的論詩內容，有頗似嚴羽主張之處：

古今詩人，莫盛於唐；唐之詩，莫加於杜少陵。自少陵而後，學詩者未有不必少陵爲師，然能造其藩籬者蓋鮮，況升堂入室乎？蓋少陵號集大成，不惟其古律詩皆備，而體製雄渾，窮妙極玄，實兼前人之所長。故其語有奇偉壯麗者，有沖淡蕭散者，有高古者，有飄逸者。至論其入神處，則皆在於沉著痛快焉。……栝蒼陳君伯銖，好學善爲文，尤刻意於詩。……（余）取其集端誦之者累日，但見夫良金美玉，無可揀擇，而興趣之高，詞意之雅，則皆悠然有

〔註 183〕同上註：〈詩史宗要序〉，頁 2385。

〔註 184〕同上註：〈無聲詩意序〉，頁 2393。

一唱三歎之音。余始愛其五言，以爲古詩學陶彭澤，律詩學孟襄陽；七言則因是而擴之爾。及吟諷之久，然後知其一出於杜少陵，蓋非泛學杜集而專師其一體，所謂沖澹蕭散者是已。〔註185〕

首先孔暘以唐詩爲古今之盛，杜甫爲唐人之最。而杜甫之後其地位被神聖經典化爲後代詩學學習的必然路徑。不過後人學杜甫者多半不得要領，因爲杜甫於時代集古今之大成、於詩體則集古律之大成，在兼蓄前人所長的情況下，讓他詩歌的風格更爲多元變化。孔暘接著提到「入神」，又以「沉著痛快」言之，其後又提及詩之「興趣」，以及對於「一唱三歎」之音的追求，這些地方都顯示出其與嚴羽詩論的內在關聯。

八、王　禮

王禮（1314～1389），字子尚，廬陵（今江西吉安）人。元末時任廣東元帥府照磨，入明不仕。著有《麟原前集》、《麟原後集》等書。

王氏詩評意見中，曾有近似嚴羽「鏡花水月」的設喻用語：

詩之爲道，似易而實難。言近指遠者，天下之至言也。先輩有云：「詩如鏡中燈、水中鹽。」謂之眞不可，謂非眞亦不可。蓋所詠在此而意見在於彼，言有盡思無窮，非風人所以感物者乎？〔註186〕

「言近指遠」是詩歌的特色所在，在眞幻之間，雖有其形但又難以指實，與文字呈現出鏡中燈、水中鹽的效果相近。而「言有盡思無窮」之語，也是與嚴羽主張相近。不過對於此境界的追求，王禮更多的是主張由儒家詩學入手。

余兒時從師學詩，辱教之曰：「吾之道本乎性情，寓乎景物，其妙在于有所感發，茍無得于斯，不名爲詩。」因舉古詩

〔註185〕〔元〕孔暘：〈午溪集序〉，收入曾永義編輯《元代文學批評資料彙編》（下）（臺北：成文出版社，1978年9月），頁643。

〔註186〕〔元〕王禮：〈伯顏子中詩集序〉，收入吳主治主編《遼金元詩話全編》（南京：鳳凰出版社，2006年12月），頁2511。

> 優游不迫意在言外者，每夜諷咏數語，久之眞覺淘去塵俗，神思清遠，于是令錄三百篇中可興可怨者，及離騷而下，蘇李漢魏等作，沉潛誦玩，參以盛唐諸名家而止。……然後戒以語忌俗，意忌陳，調忌卑，味忌短；小者不可使多，難者不可使近。得之悠然，挹之淵然，而詩在是矣。……由是遡而求之，而盛唐，而〈騷〉、《選》，而《三百》，優柔涵泳之，久且將有得於詩教，溫然爲成德，奚啻小技之精而已哉？〔註187〕

「本乎性情」、「寓乎景物」、「妙於感發」三者是詩之根本。以古詩爲例，好的詩作必具有「優游不迫」、「意在言外」的特色，而且在諷咏咀嚼之後，更覺古詩眞意有淘去塵俗、神清氣遠的效果。所以在具體方法上要從《詩經》中饒富興、怨的詩篇入手，而後參以楚《騷》、漢魏六朝之作，直至盛唐諸名家，皆應以沉潛誦玩的態度細細體貼之。而在涵泳前人詩作的過程中，學者自然可以體味「語」、「意」、「調」、「味」等詩學術語，究竟所求爲何。從此逆遡而上，自然可以有所體悟，而使後人精於作詩。

至於詩與文之間的界線，王禮也有清楚的認識。王氏以爲「文語不可以入詩，而詞語又自與詩別。」〔註188〕所以詩、文之間自有其特質風尚，實在不應混爲一談。而這樣的概括，與嚴羽「材趣」說的立場甚爲相近。

最後還要提一提王禮「重美刺」、「尚涵養」的詩學主張。其於〈黃允濟樵唱稿序〉云：

> 客有問詩法於予者，予應之曰：「……三代民性淳厚，詩之美者無溢辭，刺者亦優柔不迫，意見言外，蓋其風化所及、涵養所致而然。此詩之本也。本既立矣，音響節奏又各有說焉。五言古詩貴乎高古朴茂，如漢魏而淵永有至味。七言歌行沈鬱雄渾，開闔曲折，詞氣如百經戰馬，乃爲盡善。近體

〔註187〕同上註：〈吳伯淵吟稿序〉，頁2513。

〔註188〕同上註：〈胡澗翁樂府序〉，頁2513。

> 律詩又在壯麗痛快，首尾意繹如而不雜。至若絕句，必折旋婉媚，悠然樵歌牧唱之有遺音，嫵然宮粧院靚之有姿態。知此則駸駸乎入作者町畦矣，復何法之可言乎？」〔註 189〕

王氏以爲淳厚的民性、風化、涵養，是詩之根本，深於此者，自然可以掌握優柔不迫、意見言外的含蓄美感。本立之後，求的是「音響節奏」，而不同的詩體，則有不同的詞氣風格，所以詩之法，其實並無一定，必須視不同的情況而有所改益。此中微妙之處，只有深於詩者能得之。

綜上所言，可以看出王禮在詩境的形容上雖然有嚴羽詩論的影子，但其論詩仍以儒家詩學爲依歸。在此依違取捨之間，也顯現出其對嚴羽詩學接受的態度。

九、戴　良

戴良（1317～1383），字叔能，號九靈山人，浙江浦江人，曾任淮南行省儒學提舉。元亡以後，明太祖曾召其入京，但戴良以病推辭，太祖大怒，戴氏自盡而終，其氣節可見一斑。著有《九靈山房集》、《九靈山房遺稿》等書。

戴氏論詩高唱「雅正」之音，其最著名者即〈皇元風雅序〉一文：

> 氣運有升降，人物有盛衰，是詩之變化，亦每與之相爲於無窮。漢興，李陵、蘇武，五言之作，與凡樂府詩詞，見之於漢武之采錄者，一皆去古未遠，〈風〉、〈雅〉遺音，猶有所徵也。魏、晉之降，三光五嶽之氣分，而浮靡卑弱之辭，遂不能以古。唐一函夏，文運重興，而李、杜出焉。議者謂李之詩似〈風〉、杜之詩似〈雅〉。聚奎啓宋，歐、蘇、王、黃之徒，亦皆視唐爲愧。唐詩主性情，故於風雅爲猶近；宋詩主議論，則其去風雅遠矣。然能得夫風雅之正聲，以一掃宋人之弊，其惟我朝乎？〔註 190〕

〔註 189〕同上註：〈黃允濟樵唱稿序〉，頁 2514。

〔註 190〕〔元〕戴良：〈皇元風雅序〉，收入吳主治主編《遼金元詩話全編》（南京：鳳凰出版社，2006 年 12 月），頁 2524。

文中以世運升降與人物盛衰、詩歌變化聯繫起來，主張文學是時代、人格的直截反射。而後戴氏略論漢代以降的詩歌發展大勢：漢詩去古未遠，故猶有風雅遺音；六朝文風浮靡卑弱，故而去古日遠；直待盛唐文運重興，李、杜步入詩史高峰，而二人風格一得於〈風〉、一得於〈雅〉各有歸處。而後宋代雖有歐、蘇等名家輩出，但仍不濟於唐。戴良以爲其間的分野在於一主性情、一主議論，故在與風雅關係的承繼上，一近一遠。故而宋詩可謂爲詩史的沉淪、陵夷時期。戴良接著說：

> 我朝輿地之廣，曠古所未有，學士大夫乘其雄渾之氣以爲詩者，固未易一二數。然自姚、盧、劉、趙諸先達以來，若范公德機、虞公伯生、揭公曼碩、楊公仲宏，以及馬公伯庸、薩公天錫、余公廷心，皆其卓卓然者也。至於巖穴之人，江湖之羈客，殆又不可以數計。蓋於是時，祖宗以深仁厚德，涵養天下，垂五六十年之久，而戴白垂髫之童，相與歡呼鼓舞於閭巷，熙熙然有非漢、唐、宋之所可及，故一時作者，悉皆餐淳茹和，以鳴太平之盛治，其格高固擬諸漢唐，其理趣固資諸宋氏。至於陳政之大、施教之遠，則能優入乎周德之未衰，蓋至是而本朝之盛極矣。繼上而後，以詩名世者，猶累累焉。其爲體，固有山林館閣之不同，然皆本之性情之政，基之德澤之深，流風遺俗，班班而在。〔註191〕

戴良認爲元詩上承唐詩而能得「風雅之正聲」，故可「一掃宋人之積弊」。其間有虞、楊、范、揭四大家，又有馬祖常、薩都剌等著名詩人，整個文壇呈現著一種追慕漢唐的高格的傾向。而在詩歌內容方面，元人對宋人「理趣」也有所資借，故而元詩在內、外兩方面都承前人之盛，輔以自身帝國幅員廣大，詩人氣魄專以雄渾爲尚，呈現出一種昂揚進取的精神氣度。如前所述，戴氏以爲詩歌是政治的反映，元人以超邁前人的國勢，故更能挺立於古今詩史中。於此觀之，由宋返唐，追復前人德澤、流風遺俗，成爲戴良詩學的明確主張。

〔註191〕同上註，頁2524～2525。

故戴良雖然也崇尚漢魏、盛唐之詩，但其根柢非爲審美，而是儒家詩教影響下的產物，與嚴羽主張目標相同、出發點卻截然不同。

十、小　結

透過上述九節的討論，吾人可以發現在格、法作品與《唐音》之外，嚴羽詩論在其他文人書信、序跋文章中也存在可能的聯繫。

在本節討論的諸多詩評家中，雖然缺乏文獻佐證其與嚴羽詩論有明確的承繼、發展關係，但透過這些相近、相似的觀點，可以作爲了解該時期接受嚴羽詩論的背景認識。因爲時代風尚的旂向，必然左右經典作品的價值認定。當該作品具有符合時代需求的質素時，就較其他作品更有機會進入主流文人接受的視野之中。

就本節論述的情況看來，延祐之後一趨於「雅正」的時代風尚自然會影響對於嚴羽詩論接受的方向。所以此期文人，即便承繼嚴羽對於詩歌美境的概括、甚或揚唐抑宋的史觀判斷，卻仍舊從儒家詩學汲取養分，擴充、修正之。此一現象，或可作爲吾人觀察元代嚴羽詩論接受時的重要參考。

第四節　結　語

在元代後期，透過格、法作品以及《唐音》的傳播與流布，讓《滄浪詩話》的影響力大幅提升。因爲這些作品的市場需求甚大，所以對嚴羽詩論的推闡，效果也就更爲直接。

美國社會學家黛安娜・克蘭說：

> 一個社會系統的成員彼此在進行傳播的時代，在接受了創新的個人要去影響那些還沒有接受創新的個人的社會系統中，就發生了個人之間的「傳染」作用。〔註192〕

所以書籍、知識的傳播，透過商業銷售機制，溝通受眾的需求與書籍

〔註192〕黛安那・克蘭：《無形學院——知識在科學共同體的擴散》（北京：華夏出版社，1988年），頁23。

生產之間的聯繫。透過書本的傳遞或個體之間的推介，嚴羽的詩學理論，也就在文化圈中傳染開來。

杜衛・佛克馬曾說：

> 某個經典是被受過教育的讀者記得並作爲一種共享知識存在於他們心裡的，而批評家意識到這種共享知識並會在他們的書評中不經意地提到。〔註193〕

當大家都「不經意地提到」一本著作，並將之視爲「共享知識」時，該本著作已然成爲當時人們心目中的「經典」作品。這點恰好可從大量的格、法著作對《滄浪詩話》的援引、修改、補充看出。例如《詩法家數》對嚴羽「體製」之說的深化，或如《木天禁語》、《詩家模範》對嚴羽「氣象」的細緻分類，或是黃清老《詩法》將「妙悟」落實到意、句、字的詩法經營上，甚或《詩家一指》對於「興趣」說定義的轉移……凡此種種，都可看出格、法作品對嚴羽詩論的積極接受。其他更多在文字上借鑒「水月鏡花」、「羚羊挂角」、「透徹瑩瓏」、「優遊不迫」、「沉鬱痛快」……之喻，甚或恣意拼接組合《滄浪詩話》原文的情況，都可看出嚴羽詩論對於格、法作品的重大影響。所以，不論在詩學觀念、術語的使用甚至在文字敘述上，多數格、法作品都與《滄浪詩話》有著明確、清晰的聯繫，無怪乎格法研究的專家將之視爲影響元代詩法著作最鉅的詩學論著。〔註194〕

當然，此一情況與當時的時代背景息息相關。陳文忠說：

> 經典的意義並不是由作者單方面規定的，它同時是由闡釋者的歷史處境所規定的，因而也是由整個存在的歷史處境

〔註193〕杜衛・佛克馬（D. W. Fokkema）著、李會芳譯：〈所有的經典都是平等的，但有一些比其他更平等〉，《文學經典的建構、解構和重構》（北京：北京大學出版社，2007年11月），頁19。

〔註194〕王奎光曾說：「在有宋一代的詩學著作中，對元代詩法影響最大的非嚴羽的《滄浪詩話》莫屬。《滄浪詩話》對元代詩法的影響是全方位並且極爲深刻的。」參見氏著：《元代詩法研究》（南京：復旦大學中國語言文學系博士論文，2007年4月），頁64。

所規定的。〔註 195〕

所以延祐復科以後，文壇的鼎故革新，所造成社會風氣的轉變，給予嚴羽詩論接受的最佳契機。因此時代環境才是決定《滄浪詩話》由沉寂轉向活躍的關鍵。

在元代後期，文學市場對格、法作品有強烈的需求，故而產生諸多文人投身創作格、法作品的行列。而格、法作者或窘於自身對詩學理論識見的侷限，或迫於出版漁利的時間考量，雜參諸家詩學著作，加以拼裝組接，就成爲最經濟、便利的方法。如此一來，便能及時、大量的製造出因應不同市場需求的格、法作品。在市場、商人、作者三方的相互作用下，格、法作品大量刊刻、印行。嚴羽詩論也在此時代背景下，慢慢的步上文壇的主流舞臺。

另外，季宋以後對於宋詩弊端的反省、檢驗，也促使著元代宗唐風氣日益盛行。前有《唐才子傳》、戴表元、袁桷等人的提倡，後有大量宗尚唐人的格、法作品問世，輔以歐陽玄、蘇天爵等人的推波助瀾，在一片唯唐是尚的風氣中，《唐音》的問世就更能發揮其影響力。

《唐音》之作是嚴羽詩史論述的具體實踐，在其卷首、凡例、序跋的說明中，也可看出其與嚴羽詩論的聯繫。當《唐音》以唐詩選本經典的姿態，將嚴羽詩學主張傳衍出去後。一以理論形式（格、法作品）、一以選本型態（《唐音》）雙管齊下，拉近了嚴羽詩論與專業文人以及一般大眾的距離。在全面性的推廣之下，元代後期成爲後人重新認識嚴羽這位偉大詩學家的歷史契機。

此一發現，可以扭轉歷來學者討論嚴羽詩學影響時，長期忽略、漠視宋、元時期的成見。它提醒著眾人，略過宋、元逕行跳至明代高棅《唐詩品彙》的推闡，與前後七子的格調論述，其間斷裂是無從彌合的。事物的發展，並不存在一蹴可幾的可能，文學觀念的發展，更是如此。所以透過本章的研析，將可扭轉元代在嚴羽詩論接受史上的

〔註 195〕 陳文忠：〈接受史視野中的經典細讀〉，《文藝理論》（2008 年 2 月），頁 5。

空白印象。

除了在受眾對象的擴張之外，對於嚴羽詩論理論的融通、接受，更是朝向深化、細緻化發展。在格、法類作品對嚴羽諸多術語的推衍、詮釋中，更可看出元人在詩學理論的造詣。在《唐音》中，對於嚴羽詩史觀的深化、發展，涵鎔了嚴氏的本體論、批評論、創作論、詩史論等形形面面，其功績自亦不小。

最後論及的數位後期詩評家，對禪喻、情性、詩歌體貌、識力、妙悟……等關懷，雖乏文獻的直截聯繫，卻也可作爲嚴羽詩論接受史的補充。

總而言之，嚴羽詩論在延祐復科之後，面對了一個全面接受的歷史契機。在時代環境的遷變下，其價值被商賈、作家以及廣大的市場，重新認識與發現。其影響力也在此一背景下，逐漸擴散開來。

所以在面對元、明易代社會動盪的數十年後，當高棅等閩地詩人高揭滄浪詩說之時，何以能在短期內起到風行草偃、摧枯拉朽的旋風效應，蒙元後期對於嚴羽詩論的擴散、鋪展，絕對起著決定性的作用。故此一時期可謂之爲宋元時期嚴羽接受的「擴散期」。

第六章　結　論

經由本研究大抵可以解決嚴羽詩論接受史中的幾項待答問題。

一、嚴羽其人、其書於宋元時期相對寥落的原因

透過本文的析理，嚴羽其人、其書相對於明、清時期較爲寥落的原因，大抵有以下五點：

其一，嚴羽終身未仕是其不見重於時人的關鍵之一，在缺乏官方頭銜加持的情況下，不論其詩、其評都難以擠身主流文壇視域之中。

其二，嚴羽性格不苟於流俗，以致其與當時知名文人（除戴復古外）無甚交遊往來，對此張宏生曾喻其爲「邊緣文人」。在缺乏知名文人推介及文友相互標榜的情況下，其詩學主張能見度自然不高。雖然這位在當時詩壇邊緣的詩人，提出了甚具「超前意識」的理論主張，卻又因其理論遠遠超過同時人的理解能力，因而不見重於當世。

其三，受嚴羽行跡所限，其活動範圍僅限於吳地、江楚、閩浙一帶，故嚴氏詩學主張的流布範圍，也侷限於此。

其四，誠如方回「詩不甚佳」的批評，連帶影響嚴羽詩學理論的權威性，而被冠以「是非摻半」的評價。審之明代詩評家對於嚴羽詩作的評價，大抵也無甚佳評，即便是極力稱譽嚴氏詩話價值的胡應麟，對其詩歌創作也略有微詞。在「作」與「評」密切聯繫的觀念下，前人每好以詩人創作成就來作爲其批評識見高低評價的參考依據，所

以嚴羽詩歌成就欠佳，連帶影響了時人對他詩歌理論的重視。

其五，宋末社會動盪、兵燹繁仍，在變動的時代裡，文獻保存面臨相當嚴峻的考驗。以嚴羽詩作為例，散佚情形即頗爲嚴重。詩論部分雖賴《詩人玉屑》的存錄，及元人陳士元、黃子肅的刊刻出版，大體保存完備，但在流布影響上，仍欠缺暢通的傳播管道。

綜上所述，從個人層次看來，嚴羽宦途、性格、遊歷、創作成就等，皆與其詩論影響力甚有關聯。而從時代環境看來，動亂的年代對其詩論主張的流布也有決定性的影響。

二、宋元時期嚴羽詩論接受的分期

（一）萌芽期

從嚴羽在世活動至於宋末，可謂是其詩學接受的「萌芽期」。

在此一時期，嚴羽詩論主要流布在江、浙、閩等地，尤其以邵武爲中心。在嚴羽身歿之前，與邵武一帶地區性的文人雖頗有交誼，但這些文友的文學成就不高、聲名不顯，故對於嚴羽學說的推廣、挹助效果有限，所以嚴羽的學說只在閩地文人圈中流傳。其間雖因嚴羽壯遊江、楚的緣故，使其與福建之外的文人社群有所聯繫，但在缺乏史籍資料的佐證下，已無法還原其實際流布的情況。

萌芽期有兩位詩評家的主張與嚴羽詩論關係較爲密切，分別是魏慶之及范晞文。

1. 魏慶之

年代稍晚於嚴羽的閩人魏慶之，在《詩人玉屑》中全文載錄《滄浪詩話》，使得嚴羽的詩學論述，在宋末兵燹交熾的環境中，得以保存。

《詩人玉屑》以其作爲南宋詩話選本集大成者的成就，吸引後人多次翻印、刊行。考察元代詩學著作，提及魏慶之《詩人玉屑》的比率遠高於嚴羽，如方回即有〈詩人玉屑考〉之作，故《詩人玉屑》的編纂對於《滄浪詩話》的接受至少起著文獻保存的價值。

另外，在《詩人玉屑》對《滄浪詩話》的接受上，魏氏表現出多方容受的精神。吾人可由「法」、「悟」關係的調合，看出魏慶之折衷嚴羽、江西兩派詩學的企圖。還可透過魏氏對於宋代詩作的評價，了解其不囿於嚴氏主張，折衷唐、宋的意圖。再者，在「詩體」的認識上，魏氏更加精確的歸類、舉例，使嚴羽〈詩體〉所論諸體更爲細密、明確。最後在詩話體製上，《詩人玉屑》對《滄浪詩話》也多所借鑒，大體依照〈詩辨〉、〈詩體〉、〈詩法〉、〈詩評〉的順序，作爲章目次第的安排原則。

2. 范晞文

至於范晞文《對牀夜語》對嚴羽的接受，主要表現在「主情性」、「尚妙悟」、「重涵詠」之上。在批評態度上，范晞文一方面承繼嚴羽詩論路數，講「韻味」、重「妙悟」；另一方面保留江西詩派尚「詩法」、論「字眼」，也具有折衷二派的色彩。

在「萌芽期」，時人對嚴羽詩論的接受還不明顯，如《對牀夜語》所論條目，僅限於〈詩辨〉幾則文字的摘錄，對於《滄浪詩話》的接受仍不全面。而《詩人玉屑》主要也是以文獻保存爲主，故嚴羽詩論的深刻內蘊還有待後人仔細挖掘。

（二）發展期

從蒙元代宋到仁宗延祐元年，可謂爲嚴羽詩論接受史中的「發展期」。

在此一時期，有李南叔、陳士元整理編次嚴羽詩集，黃公紹爲之作序，今存有元本於國家圖書館之中。

另外，在師學承繼方面，此一時期有嚴氏弟子嚴斗巖及其再傳弟子黃子肅講授嚴羽詩論主張。除此之外，該時期有三位詩評家與嚴羽有較密切的聯繫，分別是蔡正孫、方回以及辛文房。

1. 蔡正孫

首先是蔡正孫的《詩林廣記》，是書於選詩下詩評意見曾徵引《滄浪詩話》〈詩辨〉、〈詩體〉兩章的文字。但蔡氏引錄目的，大抵是註明詩人承襲淵源所由，並未關注《滄浪詩話》的核心論題，如妙悟、興趣、氣象諸說，故意義並不重大。

但透過《詩林廣記》的摘錄，反映出宋、元之際《滄浪詩話》在福建一帶的文人圈仍有流布，並起著一定的影響力。

2. 方　回

其次討論的方回對嚴羽詩論的接受，方氏對於《滄浪詩話》的接受，主要在於詩史論的承繼發展上。方氏的「三唐說」綰合了「大曆」、「元和」兩期別名爲「中唐」，此一名稱的提出後完整了四唐分期的定名。

此外，方回〈詩人玉屑考〉提出嚴羽「詩不甚佳」的評價，連帶影響嚴氏詩論的地位。此說的提出對於吾人了解嚴羽於宋末元初於文壇地位的低迷甚有幫助。

另外，値得一提的是，方回以「一祖三宗」之說，以遠紹杜甫作爲師法黃、陳的合理途徑。其意本在拉抬江西詩派地位，卻落入「屋下架屋愈見其下」的困境之中，無法擺脫嚴羽優唐劣宋歷史判斷的窠臼。

最後，基於對四靈、江湖詩派的指斥，方回的唐詩史觀也以「揚盛唐抑晚唐」爲其立場，立場與嚴羽頗爲相近。

3. 辛文房

辛文房《唐才子傳》對於《滄浪詩話》的接受，主要表現在：

（1）本體論，對嚴羽「吟詠情性」說的修正，以儒家詩教作爲「情性」的根柢。

（2）批評論，首先表現在對嚴羽批評術語涵義的擴充，比如將「興趣」紬繹成普遍存在詩歌之中的質素，非爲盛唐所專有。其次表現在對嚴羽批評意見的借用、深化之上，如對冷朝陽、孟郊、戎昱等人的評論，從《滄浪詩話》中簡單的論斷，敷衍擴充爲完整的議論，更添批評的說服力。再次表現在批評術語的使用上，將原本作爲詩歌風格概括的「優遊不迫」、「沉著痛快」、「鏡花水月」等喻，應用在具體詩人的評論上。表現出由泛而具的轉化歷程。

（3）詩史論，辛文房「三唐之說」雖與《滄浪詩話》有別，但在推尊「盛唐」的態度上是一致的。另外，辛氏「唐詩三變」以沈宋、陳子昂、大曆十才子爲轉變的關鍵，在嚴羽詩話中也對此三者特表關注，其判斷意識相近。最後在唐詩分期的評騭態度，辛文房基本上也主張「揚盛抑晚」，立場與嚴羽相同。

在對於《滄浪詩話》文本的應用，辛文房大量援引嚴羽〈詩辨〉、〈詩評〉中的見解，打破前人僅侷限引用〈詩辨〉、〈詩體〉文字的情形，代表著後人對嚴羽詩論的接受已更爲全面。

在「發展期」，時人對嚴羽詩論的借鑒更爲多元、自覺。在引用資料的廣度、深度上都有進一步的發展，故謂之爲「發展期」。

（三）擴散期

從仁宗延祐復科之後，迄於元末是嚴羽詩論接受的「擴散期」。此一時期主要的接受對象有格、法作品與《唐音》。

1. 格、法作品

在格、法類作品中，對嚴羽詩論進行深化、改造者，較凸出者有以下數本：

（1）《詩法家數》以「家數」作爲書名，可謂是嚴羽詩學術語的具體化。其中關於「律詩要法」、「古詩要法」、「絕句要法」，是嚴羽「辨體」意識的具體實踐。而「榮遇」、「諷諫」、「登臨」、「征行」、「贈別」、「詠物」、「讚美」、「賡和」、「哭輓」諸種門類下，對不同題材內容的詩歌風格作基本概括。都是對嚴羽詩論的深化。

（2）《木天禁語》將「氣象」分爲十種，分別是「翰苑、輦轂、山林、出世、偈頌、神仙、儒先、江湖、閭閻、末學」，強調透過後天的學習、涵養，變化詩人的氣質。所以，「氣象」不僅是詩歌藝術風貌的展現，已經擴展至「人之資稟」與其反射出的性情特質，可謂是嚴羽「氣象」說的進化。另外，《木天禁語》還將詩之「家數」共分爲九家，並分別給予定義，也是嚴羽「家數」說的深化。

（3）《詩家一指》在以禪喻詩的主張上，除了強調參、讀的涵養工夫外，更將學詩的方法落實於具體聲調、格律之上，使作詩一事不再虛無縹緲。另外，在「詩趣」上，將詩歌是否具有「餘意」作爲「興趣」有無的關鍵，這是嚴羽「興趣」說的發揚。

（4）《詩法》係嚴羽的再傳弟子黃子肅所作，文中將「妙悟」之說落實到「意」、「句」、「字」等三個層次上來討論，以爲三者全備者乃爲「妙悟」。將原本爲人批評虛無縹緲的「妙悟」說，轉化成有跡可循的詩法理論。

（5）《詩家模範》明確提出「初、盛、中、晚」來界分唐詩，是對嚴羽「五唐」說的進一步發展，也成爲明代高棅「四唐」說的先聲。

格、法類作品在嚴羽詩論接受史的意義，主要在於詩學觀念、術語的深化、細密化之上。另外，格、法類作品透過市場機制，大量進入文人群體之中，此一現象對於嚴羽詩論的接受與流布起著極大的意義。

2. 《唐音》

楊士弘《唐音》在嚴羽詩論接受史的意義在於：

（1）楊士弘將嚴羽的唐詩史觀落實於選本體例之中，在嚴羽「五唐說」之上修正爲「三唐世次說」。

（2）《唐音》較爲重視儒家詩教傳統，並且由「以音觀世」的立場出發，發展出一套屬於唐詩的「正變」史觀。

（3）是書的流布、影響極大，在闡揚嚴羽詩學理論上有極大的意義。

在格、法作品之中，《滄浪詩話》被眾多詩學家拆解、重組、詮釋。或雜以自己的觀點，重新賦予新義；或沿用嚴羽的概念，再作補充……。在一片眾聲喧嘩之中，嚴羽詩論獲得了時人的注目。輔以楊士弘《唐音》，以選本的姿態推波助瀾，崇唐之風更爲昌熾。於是在格、法作品與選本的相互激盪下，《滄浪詩話》的勢力影響，正式邁向「擴散期」。

三、宋、元時期在嚴羽詩論接受史的地位、意義

自嚴羽身歿之後，其詩學影響力一直不彰，受制於上述主、客觀因素，其詩名、詩論作品並沒有得到應有的關注。但從這些爲數不多的詩評家、詩評意見的析理中，吾人可以發現嚴羽詩論對於宋元詩壇的影響，由表相到深入，由單一視角到多元觀照，更看出後人對其理論、術語、品評文字的應用與發展。由概括、泛論，到具體分析，在理論內涵上，較嚴羽原著，要更精確、更務實一些。

陳文忠曾說：

> 文學經典的確立不僅取決於作品本身的精神深度，同時還受制於解讀者的創造能力。〔註1〕

宋、元時期的批評家，以其經驗、理解、審美好尚對《滄浪詩話》進行再創造。舉凡「家數」、「氣象」、「妙悟」、「興趣」、「情性」、「禪喻」……等，對嚴羽詩論進行理解與詮釋，經過細密化、深度化的過程，將之轉化成符合時代需求的詩學理論。

此前對於宋元時期嚴羽詩論接受的研究成果，多半忽略是時詩學論著與其可能存在的接受關係，故不甚看重。但從《詩人玉屑》、《唐才子傳》、《唐音》以及諸多格、法作品中，吾人可以清晰勾勒出其與嚴羽詩論的內在聯繫。所以，明代以前《滄浪詩話》的接受絕非一片空白，諸多文獻，斑斑可證。

而且透過《滄浪詩話》在宋、元流布的考察，其實還可發現市場因素對於推闡接受、形塑經典的重要性。諸如《唐才子傳》、《唐音》甚至一些著名的格、法作品，在元代皆有不少書賈大量刊刻發行。雖然部分資料在中土或有散佚，但吾人若擴大考察範圍，從日、韓等地

〔註1〕同上註，頁8。

收藏的古籍資料看來，這些作品之所以能流傳異域，在當時一定有通暢的銷售管道，且其書一定具有相當的參考、收藏價值……，故由此逆推而返，大略可以想見這些著作在當時備受肯定的景象。

所以，在明代中葉之前，嚴羽詩學的接受恐怕不似前輩學者所言如此蕭條，正因有這些典籍的吸收、接受、保存，《滄浪詩話》才有被再次理解認識的可能。另外，從本文附錄二「本書討論之文人籍貫一覽表」看來，宋、元時期受嚴羽詩學的影響地域，恐怕也不似前人所謂僅限於閩、浙一帶。最後，從各章之中所附帶提及的詩評家，他們的觀點則是該時代風氣的佐證，當嚴羽的詩學主張與時人有更多相近之處，無形之間就增加其爲當時人們接受的可能。

本文在嚴羽詩論接受史的研究中，僅爲起點的一小步。爾後還有更多尚待處理的課題值得吾人深耕挖掘。勾勒出一部經典作品起陸、發微的過程，可以增加吾人對時代、對該作品的深刻理解，而這或許是筆者撰寫本文過程中最大的收穫。

附　錄

一、《滄浪詩話》的版本

元　代

1. 《滄浪嚴先生吟卷》三卷　黃公紹序（1268 或 1290）、陳士元編次、黃清老校正（1327 後）

明　代

1. 王蒙溪刻本，正德八年（1513）跋刻本。
2. 正德間胡重器刻本，三卷。（閩刻本）
   （1）正德丙子（正德十一年，1516），林俊序、李堅後敘樵川陳士元編次、進士黃清老校正
   （2）正德丁丑（正德十二年，1517），李堅後敘（無林俊序）樵川陳士元編次、進士黃清老校正
   （3）正德本，林俊序（無李堅後序）樵川陳士元編次、進士黃清老校正
   （4）嘉靖四年序刻本（林俊序，李堅跋，吳銓跋）
3. 正德十五年（1520）尹嗣忠（子貞）刻本，二卷。都穆正德庚辰〈重刊滄浪先生吟卷敘〉。
4. 嘉靖十年（1531）鄭絅刻本，二卷。鄭絅序。

5. 明抄本，二卷。黃丕烈跋。
6. 萬曆鄧原岳刻本。
7. 天啓五年（1625）吳聖、李玄玄刻《樵川二家詩》本。

清　代

1. 順治十年（1653）周亮工詩話樓刻本
2. 康熙六十一年（1722）朱霞刻《樵川二家詩》本
3. 咸豐四年（1854）周揆源《樵川四家詩》本
4. 光緒七年（1881 年）徐㘵《樵川二家詩》本

民　國

1. 民國十一年（1922）上海博古齋影印本
2. 民國十六年（1927）上海醫學書局石印本（何文煥編《歷代詩話》本）
3. 民國五十五年（1966）藝文印書館百部叢書集成初編影印本

二、本書討論文人籍貫一覽表

（一）宋代之屬

朝　代	人　名	籍　貫	朝代	人　名	籍　貫
宋	魏慶之	福　建	宋	方　嶽	浙　江
宋	范晞文	浙　江	宋	姚　勉	江　西
宋	俞文豹	浙　江			

（二）元代之屬

朝　代	人　名	籍　貫	朝代	人　名	籍　貫
元（前）	蔡正孫	福　建	元（後）	楊　載	福建／浙江
元（前）	方　回	江　西	元（後）	范　梈	江　西
元（前）	辛文房	西域／江西	元（後）	揭傒斯	江　西
元（前）	郝　經	山　西	元（後）	黃清老	福　建
元（前）	趙　文	江　西	元（後）	楊士弘	湖　北

元（前）	劉　壎	江　西	元（後）	虞　集	四川／江西
元（前）	方　鳳	浙　江	元（後）	歐陽玄	湖　南
元（前）	張之翰	河　北	元（後）	鄧文原	四　川
元（前）	戴表元	浙　江	元（後）	許有壬	河　南
元（前）	吳　澄	江　西	元（後）	蘇天爵	河　北
元（前）	徐　瑞	江　西	元（後）	楊維楨	浙　江
元（前）	劉將孫	江　西	元（後）	王　禮	江　西
元（前）	袁　桷	浙　江	元（後）	戴　良	浙　江
元（前）	釋　英	浙　江			

三、《滄浪詩話》書影

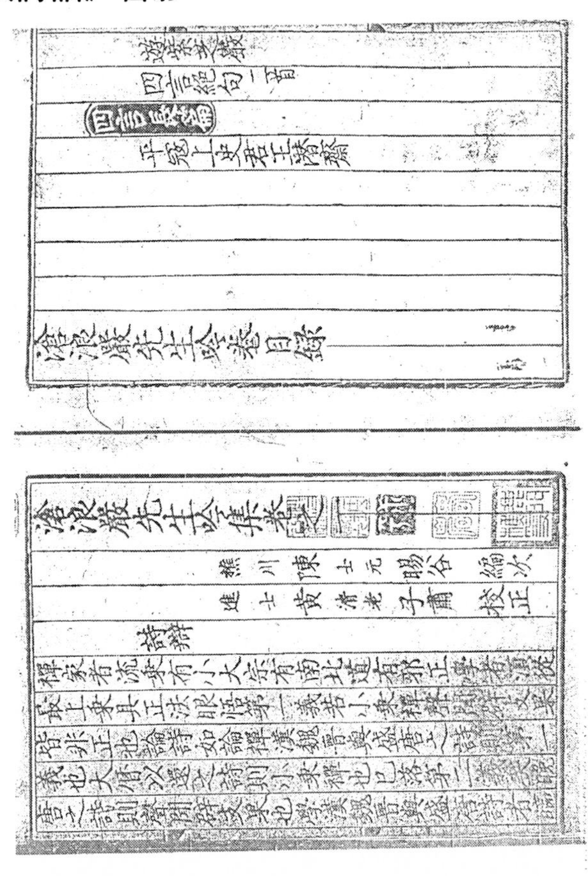
滄浪嚴先生吟卷目錄

四言絶句一首

平寇上史君王潛齋

滄浪嚴先生吟卷之一

樵川陳士元暘谷　編次

進士黃清老子肅　校正

詩辯

禪家者流乘有小大宗有南北道有邪正學者須從最上乘具正法眼悟第一義若小乘禪聲聞辟支果皆非正也論詩如論禪漢魏晉與盛唐之詩則第一義也大曆以還之詩則小乘禪也已落第二義矣晚唐之詩則聲聞辟支果也學漢魏晉與盛唐詩者臨

參考書目

一、專　書

（一）古籍部分

1. 〔宋〕嚴羽著，〔清〕胡鑑註：《滄浪詩話註》，臺北：廣文書局，1972 年版（光緒辛巳年）。
2. 〔宋〕嚴羽著，〔清〕王瑋慶補注：《滄浪詩話補注》：蕉葉山房。
3. 〔宋〕嚴羽著，胡才甫箋注：《滄浪詩話箋注》，上海：中華書局，1937 年。
4. 〔宋〕嚴羽著，郭紹虞校釋：《滄浪詩話校釋》，臺北：里仁書局，1987 年 4 月。
5. 〔宋〕嚴羽著，陳定玉輯校：《嚴羽集》，鄭州：中州古籍出版社，1997 年 6 月。
6. 〔宋〕宋祁撰，楊家駱主編：《新校本新唐書》，臺北：鼎文書局，1978 年 11 月。
7. 〔宋〕戴復古，《石屏詩集》，臺北：商務印書館，1976 年。
8. 〔宋〕于濟、蔡正孫編，（朝鮮）徐居正等增注：《唐宋千家聯珠詩格校證》，南京：鳳凰出版社，2007 年 12 月。
9. 〔元〕蔡正孫撰：《詩林廣記》，臺北：廣文書局，1973 年 9 月。
10. 〔元〕方回選評，李慶甲集評校點：《瀛奎律髓彙評》，上海：上海古籍出版社，2005 年 4 月。

11. 〔元〕辛元房著，周本淳校正：《唐才子傳校正》，臺北：文津出版社，1988 年 3 月。
12. 〔元〕辛文房著，蔣秋華導讀：《唐才子傳》，臺北：金楓出版社，1999 年 4 月。
13. 〔元〕辛文房著，傅璇琮主編：《唐才子傳校箋》，北京：中華書局，2000 年 2 月。
14. 〔元〕辛文房著，戴揚本譯：《新譯唐才子傳》，臺北：三民書局，2005 年 9 月。
15. 〔元〕貢奎：《貢文靖公雲林詩集》，北京：書目文獻出版社，1998 年（北京圖書館古籍珍本叢刊本）。
16. 〔元〕楊士弘編選，（明）張震輯注，（明）顧璘評點，陶文鵬，魏祖欽點校：《唐音評注》，保定：河北大學出版社，2006 年 10 月。
17. 〔明〕梁潛：《泊菴集》，臺北：商務印書館，1976 年。
18. 〔明〕楊士奇：《東里全集》，臺北：臺灣商務印書館，1977 年。
19. 〔清〕何文煥：《歷代詩話》，北京：中華書局，1981 年。
20. 〔清〕李清馥：《閩中理學淵源考》，臺北：臺灣商務印書館，1983 年。
21. 〔清〕張景祈：《重纂邵武府志》，臺北：成文出版社，1967 年 12 月。
22. 〔清〕趙之謙：《江西通志》，臺北：臺灣華文書局，1967 年。
23. 〔清〕顧嗣立：《元詩選》，臺北：世界書局，1967 年 8 月。
24. 二十五史刊行委員會編：《二十五史補編》，北京：中華書局，1955 年。
25. 吳文治主編：《宋詩話全編》，南京：江蘇古籍出版社，1998 年 12 月。
26. 吳文治主編：《遼金元詩話全編》，南京：鳳凰出版社，2006 年 12 月。
27. 吳文治主編：《明詩話全編》，南京：江蘇古籍出版社，1997 年 12 月。
28. 周維德集校：《全明詩話》，濟南：齊魯書社，2005 年 6 月。
29. 柯邵忞：《新元史》，臺北：藝文印書館，1955 年。
30. 張健：《元代詩法校考》，北京：北京大學出版社，2001 年 9 月。
31. 郭紹虞編選：《清詩話續編》，上海：上海古籍出版社，1983 年 12 月。

32. 陳伯海主編：《歷代唐詩論評選》，保定：河北大學出版社，2002 年 12 月。
33. 陶秋英編選、虞行校訂：《宋金元文論選》，北京：人民文學出版社，1999 年 1 月。
34. 曾永義編輯：《元代文學批評資料彙編（上、下）》，臺北：成文出版社，1978 年 12 月。

（二）現代部分

1. H. R. 姚斯、R. C. 霍拉勃著，周寧、金元浦譯：《接受美學與接受理論》，瀋陽：遼寧人民出版社，1987 年 9 月。
2. 么書儀：《元代文人心態》，北京：文化藝術出版社，1993 年 10 月。
3. 卞東波：《南宋詩選與宋代詩學考論》，北京：中華書局，2009 年 4 月。
4. 方勇：《南宋遺民詩人群體研究》，北京：人民出版社，2000 年 6 月。
5. 方錫球：《許學夷詩學思想研究》，合肥：黃山書社，2006 年 12 月。
6. 木齋：《中國古代詩歌流變》，北京：京華出版社，1998 年 8 月。
7. 木齋：《宋詩流變》，北京：京華出版社，1999 年 10 月。
8. 毛正天：《中國古代詩學本體論闡釋》，臺北：五南圖書出版公司，1997 年 4 月。
9. 王小舒：《中國文學精神——宋元卷》，濟南：山東教育出版社，2003 年 12 月。
10. 王小舒：《神韻詩史研究》，臺北：文津出版社，1994 年 6 月。
11. 王水照編：《宋代文學通論》，開封：河南大學出版社，1997 年 6 月。
12. 王明見：《劉克莊與中國詩學》，成都：巴蜀書社，2004 年 2 月。
13. 王玫：《建安文學接受史》，上海，上海古籍出版社，2005 年 7 月。
14. 王宇：《劉克莊與南宋學術》，北京：中華書局，2007 年 10 月。
15. 王金山、王青山：《文學接受研究》，呼和浩特：內蒙古大學出版社，2005 年 7 月。
16. 王述堯：《劉克莊與南宋後期文學研究》，上海：東方出版中心，2008 年 2 月。
17. 王素美：《許衡的理學思想與文學》，北京：人民出版社，2007 年 1 月。
18. 王素美：《劉因的理學思想與文學》，北京：人民出版社，2004 年

12 月。

19. 王運熙、黃霖：《中國古代文學理論體系——範疇論》，上海：復旦大學出版社，1999 年 3 月。
20. 王夢鷗：《文藝美學》，臺北：遠行出版社，1976 年。
21. 王夢鷗：《古典文學論探索》，臺北：正中書局，1984 年 2 月。
22. 王齊洲：《中國文學觀念論稿》，武漢：湖北教育出版社，2004 年 3 月。
23. 王德明：《中國古代詩歌句法理論與主張》，桂林：廣西師範大學出版社，2001 年 1 月。
24. 王曉平、周發祥、李逸津：《國外中國古典文論研究》，南京：江蘇教育出版社，1998 年 8 月。
25. 王樹林：《金元詩文與文獻研究》，北京：中華書局，2008 年 11 月。
26. 包弼德：《斯文：唐宋思想的轉型》，南京：江蘇人民出版社，2000 年 12 月。
27. 向以鮮：《超越江湖的詩人——後村研究》，成都：巴蜀書社，1995 年 11 月。
28. 宇文所安著，陳引馳、陳磊澤譯：《中國「中世紀」的終結：中唐文學文化論集》，北京：生活·讀書·新知三聯書店，2006 年 1 月。
29. 宇文所安著，賈晉華譯：《初唐詩》，北京：生活·讀書·新知三聯書店，2004 年 12 月。
30. 宇文所安著，賈晉華譯：《盛唐詩》，北京：生活·讀書·新知三聯書店，2004 年 12 月。
31. 宇文所安著、王柏華、陶慶梅譯：《中國文論：英譯與評論》，上海：上海社會科學院出版社，2003 年 1 月。
32. 成復旺：《中國古代的人學與美學》，北京：中國人民大學出版社，1998 年 5 月。
33. 朱立元：《接受美學導論》，合肥：安徽教育出版社，2004 年 11 月。
34. 朱光潛：《文藝心理學》，合肥：安徽教育出版社，1996 年 9 月。
35. 朱良志：《大音希聲——妙悟的審美考察》，南昌：百花洲文藝出版社，2005 年 12 月。
36. 朱榮智：《元代文學批評之研究》，臺北：聯經出版事業公司，1982 年 3 月。
37. 朱麗霞：《清代辛稼軒接受史》，濟南：齊魯書社，2005 年 1 月。
38. 米彥青：《清代李商隱詩歌接受史稿》，北京：中華書局，2007 年 7

月。
39. 伽達瑪：《眞理與方法：哲學詮釋學的基本特徵》，臺北：時報文化，1993 年。
40. 吳功正：《唐代美學史》，西安：陝西師範大學出版社，1999 年 7 月。
41. 李曰剛：《中國詩歌流變史》，臺北：文津出版社，1987 年 2 月。
42. 李冬紅：《《花間集》接受史論稿》，濟南：齊魯書社，2006 年 6 月。
43. 李壯鷹：《禪與詩》，北京：北京師範大學出版社，2001 年 10 月。
44. 李春青：《宋學與宋代文學觀念》，北京：北京師範大學出版社，2001 年 10 月。
45. 李浩：《唐詩的美學闡釋》，合肥：安徽大學出版社，2000 年 4 月。
46. 李凱：《儒家元典與中國詩學》，北京：中國社會科學出版社，2002 年 8 月。
47. 李善奎：《中國詩歌文化》，濟南：齊魯書社，1999 年 11 月。
48. 李舜臣、歐陽江琳：《「漢廷老吏」虞集》，南昌：江西高校出版社，2006 年 10 月。
49. 李鈞：《20 世紀西方美學經典文本・第 3 卷　結構與解放》，上海：上海復旦大學出版社，2001 年 1 月。
50. 李瑞卿：《中國古代文論修辭觀》，北京：中國傳媒大學出版社，2007 年 10 月。
51. 李劍亮：《宋詞詮釋學論稿》，北京：人民文學出版社，2006 年 9 月。
52. 李銳清：《《滄浪詩話》的詩歌理論研究》，香港：中文大學出版社，1992 年。
53. 李澤厚：《美學三書》，合肥：安徽文藝出版社，1999 年 1 月。
54. 杜松柏：《詩與詩學》，臺北：五南圖書出版公司，1998 年 9 月。
55. 汪涌豪、駱玉明編：《中國詩學》，上海：東方出版中心，1999 年 4 月。
56. 汪裕雄：《意象探源》，合肥：安徽教育出版社，1996 年 4 月。
57. 阮忠：《唐宋詩風流別史》，武漢：武漢出版社，1997 年 12 月。
58. 周振甫、冀勤編：《談藝錄讀本》，上海：上海教育出版社，1992 年 8 月。
59. 周裕鍇：《中國古代闡釋學研究》，上海：上海人民出版社，2003 年 11 月。

60. 周裕鍇：《文字禪與宋代詩學》，北京：高等教育出版社，1998 年 11 月。
61. 周裕鍇：《宋代詩學通論》，成都：巴蜀書社，1997 年 1 月。
62. 季羨林等：《禪與東方文化》，北京：商務印書館，1996 年 2 月。
63. 宗白華：《美學散步》，上海：上海人民出版社，1981 年 6 月。
64. 尚永亮：《唐代詩歌的多元觀照》，武漢：湖北人民出版社，2005 年 6 月。
65. 尚定：《走向盛唐》，北京：中國社會科學出版社，1994 年 7 月。
66. 尚學鋒：《中國古典文學接受》，濟南，山東教育出版社，2000 年 9 月。
67. 房日晰：《唐詩比較論》，西安：三秦出版社，1998 年 8 月。
68. 易聞曉：《中國詩句法論》，濟南：齊魯書社，2006 月 1 月。
69. 易聞曉：《中國詩法綱要》，濟南：齊魯書社，2006 月 1 月。
70. 林東海：《詩法舉隅》，上海：上海文藝出版社，2004 年 2 月。
71. 林淑貞：《詩話論風格》，臺北：文津出版社，1997 年 7 月。
72. 金元浦：《接受反應文論》，濟南：山東教育出版社，1998 年 10 月。
73. 哈羅德・布魯姆著，江寧康譯：《西方正典——偉大作家和不朽作品》，南京：譯林出版社，2005 年 4 月。
74. 哈羅德・布魯姆著，吳瓊譯：《批評・正典結構與預寓》，北京：中國社會科學出版社，2000 年 10 月。
75. 哈羅德・布魯姆著，徐文博譯：《影響的焦慮——一種詩歌理論》，南京：江蘇教育出版社，2006 年 2 月。
76. 姜廣輝：《理學與中國文化》，上海：上海人民出版社，1994 年 6 月。
77. 姚瀛艇：《宋代文化史》，開封：河南大學出版社，1992 年 2 月。
78. 查洪德、李修生：《遼金元文學研究》，北京：北京出版社，2001 年 12 月。
79. 查洪德：《元代文學文獻學》，北京：中國社會科學出版社，2004 年 12 月。
80. 查洪德：《理學背景下的元代文論與詩文》，北京：中華書局，2005 年 8 月。
81. 查清華：《明代唐詩接受史》，上海：上海古籍出版社，2006 年 7 月。

82. 胡建次：《歸趣難求——中國古代文學「趣」範疇研究》，南昌：百花洲文藝出版社，2005 年 8 月。
83. 韋海英：《江西詩派諸家考論》，北京：北京大學出版社，2005 年 7 月。
84. 孫立：《中國文學批評文獻學》，廣州：廣東人民出版社，2000 年 12 月。
85. 孫克寬：《元代漢文化之活動》，臺北：臺灣中華書局，1968 年 9 月。
86. 孫春青：《明代唐詩學》，上海：上海古籍出版社，2006 年 11 月。
87. 徐復觀：《中國藝術精神》，臺北：臺灣學生書局，1966 年 2 月。
88. 袁行霈、孟二冬、丁放：《中國詩學通論》，合肥：安徽教育出版社，1994 年 12 月。
89. 袁行霈：《中國詩歌藝術研究》，北京：北京大學出版社，1996 年 6 月。
90. 袁濟喜：《興：藝術生命的激活》，南昌：百花洲文藝文版社，2001 年 9 月。
91. 馬丁‧海德格：《存在與時間》，臺北：久大文化，1990 年。
92. 馬積高：《宋明理學與文學》，長沙：湖南師範大學出版社，1989 年 10 月。
93. 張少康、劉三富：《中國文學理論批評發展史》，北京：北京大學出版社，1995 年 12 月。
94. 張文利：《理禪融會與宋詩研究》，北京：中國社會科學出版社，2004 年 8 月。
95. 張方：《中國詩學的基本觀念》，北京：東方出版社，1999 年 5 月。
96. 張立群：《中國詩性文論與批評》，北京：人民文學出版社，2001 年 5 月。
97. 張仲謀：《近古詩歌研究》，北京：中國社會科學出版社，2002 年 12 月。
98. 張伯偉：《中國古代文學批評方法研究》，北京：中華書局，2002 年 5 月。
99. 張伯偉：《中國詩學研究》，瀋陽：遼海出版社，2000 年 1 月。
100. 張宏生：《中國詩學考索》，南京：江蘇教育出版社，2005 年 11 月。
101. 張宏生：《宋詩融通與開拓》，上海：上海古籍出版社，2001 年 12 月。

102. 張廷琛主編：《接受理論》，成都：四川文藝出版社，1989 年 5 月。
103. 張杰：《心靈之約——中國傳統詩學的文化心理闡釋》，武漢：武漢大學出版社，2001 年 4 月。
104. 張法：《中國美學史》，上海：上海人民出版社，2000 年 12 月。
105. 張迎勝：《元代回族文學家》，北京：人民出版社，2004 年 4 月。
106. 張思齊：《宋代詩學》，長沙：湖南人民出版社，2000 年 11 月。
107. 張紅：《元代唐詩學研究》，長沙：嶽麓書社，2006 年 5 月。
108. 張海明：《經與緯的交結——中國古代文藝美學範疇論要》，西安：陝西人民教育出版社，2006 年 1 月。
109. 張高評：《宋詩之傳承與開拓》，臺北：文史哲出版社，1990 年 3 月。
110. 張高評：《宋詩之新變與代雄》，臺北：洪葉文化事業有限公司，1995 年 9 月。
111. 張高評：《會通化成與宋代詩學》，臺南：國立成功大學出版組，2000 年 8 月。
112. 張健：《中國文學批評》，臺北：五南圖書出版公司，1992 年 8 月二版。
113. 張健：《文學批評論集》，臺北：臺灣學生書局，1985 年 10 月。
114. 張健：《滄浪詩話研究》，臺北：國立臺灣大學文學院，1966 年 7 月。
115. 張晶：《中國古代文學通論——遼金元卷》，瀋陽：遼寧人民出版社，2005 年 5 月。
116. 張晶：《遼金元文學論稿》，北京：北京廣播學院，2004 年 1 月。
117. 張晶：《禪與唐宋詩學》，北京：人民文學出版社，2003 年 6 月。
118. 張智華：《南宋的詩文選本研究》，北京：北京師範大學出版社，2002 年 6 月。
119. 張毅：《宋代文學思想史》，北京：中華書局，1995 年 4 月。
120. 張毅：《宋代文學研究》，北京：北京出版社，2001 年 12 月。
121. 敏澤：《中國文學理論批評史》，吉林：吉林教育出版社，1993 年 3 月。
122. 敏澤：《中國美學思想史》，濟南：齊魯書社，1989 年。
123. 曹利華：《中華傳統美學體系探原》，北京：北京圖書館出版社，1999 年 1 月。
124. 曹東：《嚴羽研究》，北京：軍事誼文出版社，2002 年 1 月。
125. 曹順慶、李天道：《雅論與雅俗之辨》，南昌：百花洲文藝出版社，

2005年11月。

126. 莊蕙綺：《中唐詩歌的美學意涵》，臺北：新文豐出版股份有限公司，2006年11月。
127. 莊嚴、章鑄：《中國詩歌美學史》，長春：吉林大學出版社，1994年10月。
128. 許世旭：《韓中詩話淵源考》，臺北：黎明文化事業股份有限公司，1979年3月。
129. 許志剛：《嚴羽評傳》，南京：南京大學出版社，1997年1月。
130. 許總：《宋明理學與中國文學》，南昌：百花洲文藝出版社，1999年9月。
131. 許總：《宋詩史》，重慶：重慶出版社，1992年。
132. 許總：《杜詩學通論》，桃園：聖環圖書股份有限公司，1997年2月。
133. 許總：《唐詩史》，南京：江蘇教育出版社，1994年。
134. 許總：《唐詩體派論》，臺北：文津出版社，1994年10月。
135. 郭英德、謝思煒、尚學鋒、于翠玲：《中國古典文學研究史》，北京：中華書局，1995年11月。
136. 郭英德：《明清文學史講演錄》，桂林：廣西師範大學出版社，2005年12月。
137. 郭晉稀：《詩辨新探》，成都：巴蜀書社，2004年4月。
138. 郭紹虞：《中國文學批評史》，臺北：文史哲出版社，1990年7月。
139. 郭紹虞：《宋詩話考》，臺北：學海出版社，1980年。
140. 郭鋒：《南宋江湖詞派研究》，成都：巴蜀書社，2004年10月。
141. 陳文忠：《中國古典詩歌接受史研究》，合肥：安徽大學出版社，1998年8月。
142. 陳文新：《明代詩學》，長沙：湖南人民出版社，2000年11月。
143. 陳自力：《釋惠洪研究》，北京：中華書局，2005年8月。
144. 陳伯海：《中國詩學之現代觀》，上海：上海古籍出版社，2006年11月。
145. 陳伯海：《唐詩學引論》，上海：東方出版社，1988年10月。
146. 陳伯海：《嚴羽和滄浪詩話》，臺北：萬卷樓圖書有限公司，1993年4月。
147. 陳伯海主編：《唐詩彙評》，杭州：浙江教育出版社，1995年5月。
148. 陳伯海主編：《唐詩學史稿》，石家莊：河北人民出版社，2004年5

月。
149. 陳良運：《中國詩學批評史》，南昌：江西人民出版社，1995 年 7 月。
150. 陳良運：《中國詩學體系論》，北京：中國社會科學出版社，1992 年 7 月。
151. 陳良運：《美的考索》，南昌：百花洲文藝出版社，2005 年 11 月。
152. 陳忻：《南宋心學學派的文學研究》，北京：中國社會科學出版社，2006 年 11 月。
153. 陳東榮、陳長房主編：《典律與文學教學》，臺北：書林出版社，1995 年 4 月。
154. 陳望衡：《中國古典美學史》，長沙：湖南教育出版社，1998 年 8 月。
155. 陳植鍔：《詩歌意象論》，北京：中國社會科學出版社，1990 年 8 月。
156. 陳應鸞：《詩味論》，成都：巴蜀書社，1996 年 10 月。
157. 章必功：《文體史話》，上海：同濟大學出版社，2006 年 9 月。
158. 傅海波、崔瑞德編，史衛民等譯：《劍橋中國遼西夏金元史》，北京：中國社會科學出版社，1998 年 8 月。
159. 傅紹良：《盛唐文化精神與詩人人格》，臺北：文津出版社，1999 年 6 月。
160. 斯坦利・費什：《讀者反應批評：理論與實踐》，北京：中國社會科學出版社，1998 年 2 月。
161. 曾大興：《中國歷代文學家之地理分布》，武漢：湖北教育出版社，1995 年 10 月。
162. 程小平：《《滄浪詩話》的詩學研究》，北京：學苑出版社，2006 年 7 月。
163. 程杰：《北宋詩文革新研究》，臺北：文津出版社，1996 年 12 月。
164. 程杰：《宋詩學導論》，天津：天津人民出版社，1999 年 10 月。
165. 童慶炳：《中國古代心理詩學與美學》，北京：中華書局，1992 年 3 月。
166. 童慶炳：《中國古代文論的現代意義》，北京：北京師範大學，2001 年 12 月。
167. 童慶炳：《中國古代詩學心理透視》，天津：百花文藝出版社，1993 年 7 月。
168. 童慶炳：《文學經典的建構、解構和重構》，北京：北京大學出版社，2007 年 11 月。
169. 馮小祿：《明代詩文論爭研究》，昆明：雲南人民出版社，2006 年 7

月。

170. 黃仁生:《楊維禎與元末明初文學思潮》,上海:東方出版中心,2005年9月。

171. 黃永武:《中國詩學》,臺北:巨流圖書公司,1976年10月。

172. 黃保眞、成復旺、蔡鍾翔:《中國文學理論史——隋唐五代宋元時期》,臺北:洪葉文化事業有限公司,1998年8月。

173. 黃奕珍:《宋代詩學中的晚唐觀》,臺北:文津出版社,1998年4月。

174. 黃美鈴:《唐代詩評中風格論之研究》,臺北:文史哲出版社,1982年2月。

175. 黃美鈴:《歐、梅、蘇與宋詩的形成》,臺北:文津出版社,1998年5月。

176. 黃啓方:《兩宋文史論叢》,臺北:學海出版社,1985年10月。

177. 黃啓方:《黃庭堅研究論集》,合肥:安徽人民出版社,2005年12月。

178. 黃景進:《意境論的形成:唐代意境論研究》,臺北:臺灣學生書局,2004年9月。

179. 黃景進:《嚴羽及其詩論之研究》,臺北:文史哲出版社,1986年2月。

180. 黃霖、吳建民、吳兆路:《中國古代文學理論體系——原人論》,上海:復旦大學出版社,2000年5月。

181. 黃霖:《20世紀中國古代文學研究史・文論卷》,上海:東方出版中心,2006年1月。

182. 黃寶華、文師華:《中國詩學史——宋金元卷》,廈門:鷺江出版社,2002年9月。

183. 楊文雄:《李白詩歌接受史》,臺北:五南圖書出版有限公司,2000年3月。

184. 楊玉華:《陳與義・陳師道研究》,成都:巴蜀書社,2006年8月。

185. 楊曾文:《宋元禪宗史》,北京:中國社會科學出版社,2006年10月。

186. 楊鐮:《元詩史》,北京:人民文學出版社,2003年8月。

187. 葉朗:《中國美學史大綱》,上海:上海人民出版社,1985年11月。

188. 葉嘉瑩:《王國維及其文學批評》,石家莊:河北教育出版社,1997年7月。

189. 葉維廉:《中國詩學》,北京:生活・讀書・新知・三聯書店,1992

年 1 月。

190. 葉維廉：《歷史、傳釋與美學》，臺北：東大圖書公司，1988 年 3 月。
191. 葛兆光：《漢字的魔方》，瀋陽：瀋陽，1999 手 1 月。
192. 詹杭倫：《方回的唐宋律詩學》，北京：中華書局，2002 年 12 月。
193. 詹福瑞：《中國文學理論範疇》，保定：河北大學出版社，1997 年 5 月。
194. 鄒雲湖：《中國選本批評》，上海：上海三聯書店，2002 年 7 月。
195. 雷磊：《楊慎詩學研究》，北京：中國社會科學出版社，2006 年 12 月。
196. 萩原朔太郎著、徐復觀譯：《詩的原理》，臺北：臺灣學生書局，1989 年 1 月。
197. 廖可斌：《復古派與明代文學思潮》，臺北：文津出版社，1994 年 2 月。
198. 趙平：《永嘉四靈詩派研究》，杭州：浙江大學出版社，2006 年 12 月。
199. 趙永紀：《詩論——審美感悟與理性把握的融合》，桂林：廣西師範大學出版社，1999 年 6 月。
200. 趙霈霖：《興的源起——歷史積澱與詩歌藝術》，北京：中國社會科學出版社，1987 年 11 月。
201. 趙憲章：《文藝學方法通論：修訂版》，杭州：浙江大學出版社，2006 年 6 月。
202. 劉士林：《中國詩性文化》，南京：江蘇人民出版社，1999 年 4 月。
203. 劉士林：《中國詩學精神》，鄭州：河南人民出版社，1999 年 9 月。
204. 劉中文：《唐代陶淵明接受研究》，北京：中國社會科學出版社，2006 年 7 月。
205. 劉文忠：《正變．通變．新變》，南昌：百花洲文藝出版社，2005 年 11 月。
206. 劉方：《文化視域中的宋代文論》，上海：學林出版社，2006 年 6 月。
207. 劉方：《宋型文化與宋代美學精神》，成都：巴蜀書社，2004 年 8 月。
208. 劉月新：《解釋學視野中的文學活動研究》，武漢：華中師範大學出版社，2007 年 5 月。
209. 劉明今：《中國古代文學理論體系——範疇論》，上海：復旦大學出版社，2000 年 2 月。
210. 劉明今：《遼金元文學史案》，上海：上海古籍出版社，2004 年 11

月。
211. 劉若愚著；杜國清譯：《中國文學理論》，臺北：聯經出版事業公司，1981 年 9 月。
212. 劉若愚著；杜國清譯：《中國詩學》，臺北：幼獅文化事業公司，1977 年 6 月。
213. 劉開揚：《唐詩通論》，成都：巴蜀書社，1998 年 10 月。
214. 劉達科：《遼金元詩文史料述要》，北京：中華書局，2007 年 7 月。
215. 劉德重、張寅彭：《詩話概說》，臺北：學海出版社，1993 年 12 月。
216. 劉學鍇：《李商隱詩歌接受史》，合肥：安徽大學出版社，2004 年 8 月。
217. 劉懷榮：《賦比興與中國詩學研究》，北京：人民出版社，2007 年 7 月。
218. 歐陽光：《宋元詩社研究叢稿》，廣州：廣東高等教育出版社，1998 年 8 月。
219. 蔣述卓：《宗教文藝與審美創造》，廣州：暨南大學出版社，2005 年 7 月。
220. 蔣述卓等：《二十世紀中國古代文論學術史研究》，北京：北京大學出版社，2005 年 8 月。
221. 蔣寅：《中國詩學的詩路與無聊》，桂林：廣西師範大學出版社，2000 年 1 月。
222. 蔡英俊:《中國古典詩論中「語言」與「意義」的論題——「意在言外的用法方式」》臺北：臺灣學生書局，2001 年 4 月。
223. 蔡英俊：《比興、物色與情境交融》，臺北：大安出版社，1986 年 5 月。
224. 蔡振念：《杜詩唐宋接受史》，臺北：五南圖書出版有限公司，2002 年 2 月。
225. 蔡瑜：《唐詩學探索》，臺北：里仁書局，1998 年 4 月。
226. 蔡瑜：《高棅詩學研究》，臺北：國立臺灣大學出版委員會，1990 年 6 月。
227. 蔡鎮楚：《中國古代文學批評史》，長沙：嶽麓書社，1999 年 4 月。
228. 蔡鎮楚：《中國詩話史》，長沙：湖南文藝出版社，1988 年 5 月。
229. 蔡鎮楚：《比較詩話學》，北京：北京圖書館出版社，2006 年 8 月。
230. 蔡鎮楚：《詩話學》，湖南：湖南教育出版社，1990 年 10 月。
231. 諸葛憶兵：《宋代文史考論》，北京：中華書局，2002 年 11 月。

232. 鄭蘇淮：《宋代美學思想史》，南昌：江西人民出版社，2007 年 12 月。
233. 鄧小軍：《唐代文學的文化精神》，臺北：文津出版社，1993 年 9 月。
234. 鄧國軍：《中國古典文藝美學「表現」範疇及命題研究》，成都：巴蜀書社，2009 年 2 月。
235. 鄧紹基主編：《元代文學史》，北京：人民文學出版社，1991 年 12 月。
236. 鄧新華：《中國古代接受詩學》，武漢：武漢大出版社，2000 年 10 月。
237. 鄧新華：《中國古代詩學解釋學研究》，北京：中國社會科學出版社，2008 年 1 月。
238. 鄧新華：《中國傳統文論的現代觀照》，成都：巴蜀書社，2004 年 5 月。
239. 鄧新華：《古代文論的多維透視》，武漢：華中師完大學出版社，2007 年 6 月。
240. 鄧新躍：《明代前中期詩學辨體理論研究》，上海：上海古籍出版社，2006 年 11 月。
241. 鄧瑩輝：《兩宋理學美學與文學研究》，武漢：華中師範大學出版社，2007 年 9 月。
242. 蕭華榮：《中國詩學思想史》，上海：華東師範大學出版社，1996 年 4 月。
243. 錢志熙：《黃庭堅詩學體系研究》，北京：北京大學出版社，2003 年 6 月。
244. 錢建狀：《南宋初期的文化重組與文學新變》，廈門：廈門大學，2006 年 10 月。
245. 錢鍾書：《談藝錄》，臺北：藍燈文化事業股份有限公司，1987 年 11 月。
246. 霍松林主編、漆緒邦、梅運生、張連第著：《中國詩論史》，合肥：黃山書社，2007 年 1 月。
247. 霍然：《宋代美學思潮》，長春：長春出版社，1997 年 8 月。
248. 戴文和：《「唐詩」、「宋詩」之爭研究》，臺北：文史哲出版社，1997 年 6 月。
249. 薛富興：《東方神韻——意境論》，北京：人民文學出版社，2000 年 6 月。

250. 韓林德：《境生象外——華夏審美與藝術特徵考察》，北京：生活·讀書·新知·三聯書店，1995 年 4 月。
251. 韓經太：《宋代詩歌史論》，長春：吉林教育出版社，1995 年 12 月。
252. 韓經太：《理學文化與文學思潮》，北京：中華書局，1997 年 9 月。
253. 魏家川：《審美之維與詩性智慧——中國古代審美史學闡釋》，北京：首都師範大學出版社，2000 年 8 月。
254. 羅立剛：《宋元之際的哲學與文學》，上海：復旦大學出版社，1999 年 6 月。
255. 羅宗濤等：《中國詩歌研究》，臺北：中央文物出版社，1985。
256. 羅勃 C·赫魯伯著，董之林譯：《接受美學理論》，臺北：駱駝出版社，1994 年 6 月。
257. 羅根澤：《中國文學批評史》，臺北：學海出版社，1990 年 2 月。
258. 羅曼·英加登著，陳燕谷譯：《對文學的藝術作品的認識》，臺北：商鼎文化，1991 年。
259. 譚雯：《日本詩話的中國情結》，北京：中國社會科學出版社，2007 年 6 月。
260. 蘇桂寧：《宗法倫理精神與中國詩學》，上海：上海三聯書店，2002 年 6 月。
261. 顧易生、蔣凡、劉明今：《中國文學批評通史——宋金元卷》，上海：上海古籍出版社，1996 年 12 月。
262. 龔鵬程：《江西詩派宗社研究》，臺北：文史哲出版社，1983 年 10 月。
263. 龔鵬程：《詩史本色與妙悟》（增訂版），臺北：臺灣學生書局，1993 年 2 月。

二、學位論文

1. 王奎光：《元代詩法研究》，上海：復旦大學，中國語言文學系博士論文，2007 年 4 月。
2. 李春桃：《《二十四詩品》接受史》，上海：復旦大學，中國語言文學系博士論文，2007 年 4 月。
3. 李嘉瑜：《元代唐詩學》，臺北：輔仁大學，中國文學系博士論文，2004 年。
4. 張曉靜：《《滄浪詩話》與明代復古派詩論》，濟南：山東師範大學，文藝學碩士論文，2005 年 4 月。

5. 陳英傑：《宋代「詩學盛唐」觀念的形成與內涵》，臺北：國立政治大學，中國文學系碩士論文，2005 年 6 月。
6. 黃惠萍：《辛文房《唐才子傳》研究——歷史圖像與詩學觀點》，臺北：淡江大學，中國文學系碩士論文，2005 年。
7. 楊波：《方回《瀛奎律髓》的唐詩觀》，開封：河南大學，碩士論文，中國古典文獻學，碩士論文，2005 年。
8. 葛卉：《傳統與現代的對話：《滄浪詩話》的接受理論》，濟南：山東師範大學，文藝學碩士論文，2004 年 4 月。
9. 蕭淳鏵：《《詩人玉屑》詩論研究》，香港：香港中文大學，中文系哲學博士論文，1999 年。

三、論文集論文

1. 王達津：〈再論嚴羽妙悟說〉，《嚴羽學術研究論文選》，鷺江：鷺江出版社，1987 年 10 月，頁 122～131。
2. 司馬周：〈論李東陽詩歌的情感取向〉，《明代文學研究國際學術研討會論文集》，天津：南開大學出版社，2006 年 4 月，頁 130～142。
3. 成復旺：〈嚴羽的詩歌美學思想同葉燮的比較〉，《嚴羽學術研究論文選》，鷺江：鷺江出版社，1987 年 10 月，頁 234～247。
4. 朱易安、王劍：〈論方回的唐宋詩學史觀〉，《古典詩學會探——復旦大學中文系教授榮休紀念文叢：陳允吉卷》，上海：復旦大學出版社，2006 年 4 月，頁 467～496。
5. 朱靖華、王洪：〈試評嚴羽的東坡論〉，《嚴羽學術研究論文選》，鷺江：鷺江出版社，1987 年 10 月，頁 326～339。
6. 何宗美：〈公安派結社的興衰演變及其影響〉，《明代文學研究國際學術研討會論文集》，天津：南開大學出版社，2006 年 4 月，頁 266～280。
7. 吳微：〈李攀龍詩歌藝術散論〉，《古典文學與文獻論集》，合肥：安徽人民出版社，2000 年 11 月，頁 466～478。
8. 吳觀瀾：〈嚴羽妙悟說之理論內涵及意義〉，《嚴羽學術研究論文選》，鷺江：鷺江出版社，1987 年 10 月，頁 132～145。
9. 宋士杰：〈嚴羽的「妙悟」說辨析〉，《嚴羽學術研究論文選》，鷺江：鷺江出版社，1987 年 10 月，頁 171～179。
10. 宋克夫、余瑩：〈唐宋派考論〉，《明代文學研究國際學術研討會論文集》，天津：南開大學出版社，2006 年 4 月，頁 208～217。
11. 李伯勛：〈讀《滄浪詩話》札記〉，《嚴羽學術研究論文選》，鷺江：

鷺江出版社，1987 年 10 月，頁 77～88。

12. 李春青：〈「吟咏情情」與「以意爲主」——論中國古代詩學本體論的兩種基本傾向〉，《文學評論》，1999 年第 2 期，頁 33～40。
13. 杜松柏：〈由禪學闡論嚴滄浪之詩學〉，《文學論集》，1978 年 7 月，頁 375～390。
14. 沈金浩：〈論竟陵派出現的契機及鍾譚的詩歌創作〉，《明代文學研究國際學術研討會論文集》，天津：南開大學出版社，2006 年 4 月，頁 281～289。
15. 汪群泓：〈詩法詩格與明代詩歌辨體批評之關係〉，《明代文學研究國際學術研討會論文集》，天津：南開大學出版社，2006 年 4 月，頁 61～70。
16. 林家英：〈略論《滄浪詩話》中的「別材」和「別趣」〉，《嚴羽學術研究論文選》，鷺江：鷺江出版社，1987 年 10 月，頁 209～213。
17. 林新樵：〈略論嚴羽《滄浪吟》〉，《嚴羽學術研究論文選》，鷺江：鷺江出版社，1987 年 10 月，頁 340～355。
18. 阿黛爾·里克特：〈法則和直覺：黃庭堅的詩論〉，《神女之探尋——英美學者論中國古典詩歌》，上海：上海古籍出版社，1994 年 2 月，頁 271～285。
19. 查屏球：〈「李攀龍《唐詩選》」評點本考索〉，《中國文學評點研究論集》，上海：上海古籍出版社，2002 年 12 月，255～286。
20. 唐朝暉、歐陽光：〈江西文人群與明初詩文格局〉，《明代文學研究國際學術研討會論文集》，天津：南開大學出版社，2006 年 4 月，頁 106～116。
21. 孫小力：〈楊維楨明代印象考論〉，《明代文學研究國際學術研討會論文集》，天津：南開大學出版社，2006 年 4 月，頁 88～105。
22. 孫春青：〈明初詩學與李東陽的「格調論」〉，《明代文學研究國際學術研討會論文集》，天津：南開大學出版社，2006 年 4 月，頁 143～152。
23. 孫學堂：〈王世貞後期的藝術追求〉，《明代文學研究國際學術研討會論文集》，天津：南開大學出版社，2006 年 4 月，頁 230～238。
24. 徐中玉：〈《滄浪詩話》和嚴羽研究中的一些問題〉，《徐中玉自選集》，重慶：重慶出版社，1999 年 11 月，頁 383～408。
25. 徐中玉：〈「入門須正」，「立志須高」〉，《徐中玉自選集》，重慶：重慶出版社，1999 年 11 月，頁 146～164。
26. 徐培均：〈談嚴羽的詩論與詞作〉，《嚴羽學術研究論文選》，鷺江：

鷺江出版社，1987 年 10 月，頁 356～361。

27. 袁濟喜：〈「興」與原始生命〉，《古代文論的人文追尋》，北京：中華書局，2002 年 12 月，頁 144～1174。
28. 袁濟喜：〈神會與妙悟〉，《古代文論的人文追尋》，北京：中華書局，頁 102～121。
29. 袁濟喜：〈論「審」的審美世界〉，《古代文論的人文追尋》，北京：中華書局，2002 年 12 月，頁 175～206。
30. 張亞新：〈嚴滄浪論建安詩〉，《嚴羽學術研究論文選》，鷺江：鷺江出版社，1987 年 10 月，頁 282～292。
31. 張忠綱：〈嚴羽爲何推尊李杜〉，《嚴羽學術研究論文選》，鷺江：鷺江出版社，1987 年 10 月，頁 305～313。
32. 張長青：〈《滄浪詩話．詩辨》美學思想論析〉，《嚴羽學術研究論文選》，鷺江：鷺江出版社，1987 年 10 月，頁 60～76。
33. 張健：〈《詩人玉屑》考〉，《立雪集》，北京：人民文學出版社，2005 年 4 月，頁 674～711。
34. 張連第：〈《滄浪詩話•詩辯》辨析〉，《嚴羽學術研究論文選》，鷺江：鷺江出版社，1987 年 10 月，頁 47～59。
35. 張晶：〈「四大家」：元代詩風的主要體現者〉，《遼金元文學論稿》，北京：北京傳播學院出版社，2004 年 1 月，頁 344～350。
36. 張晶：〈「鐵崖體」：元代詩風的主要體現者〉，《遼金元文學論稿》，北京：北京傳播學院出版社，2004 年 1 月，頁 351～362。
37. 張晶：〈元代正統文學思想與理學的因緣〉，《審美之思——理的審美化存在》，北京：北京廣播學院出版社，2002 年 1 月，頁 405～417。
38. 張晶：〈元代詩歌概述〉，《遼金元文學論稿》，北京：北京傳播學院出版社，2004 年 1 月，頁 289～308。
39. 張晶：〈宋詩的「活法」與禪宗的思維方式〉，《審美之思——理的審美化存在》，北京：北京廣播學院出版社，2002 年 1 月，頁 332～347。
40. 張晶：〈透徹之悟：審美境界論——嚴羽《滄浪詩話》新探〉，《審美之思——理的審美化存在》，北京：北京廣播學院出版社，2002 年 1 月，頁 87～98。
41. 張晶：〈詩與禪：似與不似之間——論「妙悟」說的審美內涵〉，《嚴羽學術研究論文選》，鷺江：鷺江出版社，1987 年 10 月，頁 158～170。

42. 張晶：〈詩禪異同論——兼論嚴羽「妙悟」說的審美內涵〉，《審美之思——理的審美化存在》，北京：北京廣播學院出版社，2002 年 1 月，頁 371～384。
43. 張晶：〈論戴表元的詩學思想及其在宋元文學轉型中的歷史地位〉，《遼金元文學論稿》，北京：北京傳播學院出版社，2004 年 1 月，頁 332～343。
44. 張晶：〈禪與個性化創造詩論〉，《審美之思——理的審美化存在》，北京：北京廣播學院出版社，2002 年 1 月，頁 320～331。
45. 張晶：〈禪與唐宋詩人心態〉，《審美之思——理的審美化存在》，北京：北京廣播學院出版社，2002 年 1 月，頁 291～397。
46. 張晶：〈關於元代文學批評的幾個問題〉，《遼金元文學論稿》，北京：北京傳播學院出版社，2004 年 1 月，頁 383～390。
47. 張智華：〈從《唐三體詩法》看周弼的詩學觀〉，《古典文學與文獻論集》，合肥：安徽人民出版社，2000 年 11 月，頁 374～397。
48. 張瑞成：〈元朝文化發展與其衰亡之關鍵〉，《中國文學史論文選集》第五輯，臺北：幼獅文化，1984 年 3 月。
49. 張毅：〈對理趣與老境美的追求——宋文化成熟時期文學思想的特徵〉，《中國文藝思想史論集——張毅自選集》，天津：南開大學出版社，2004 年 10 月，頁 195～210。
50. 張毅：〈論「妙悟」〉，《中國文藝思想史論集——張毅自選集》，天津：南開大學出版社，2004 年 10 月，頁 13～24。
51. 張毅：〈論「活法」〉，《中國文藝思想史論集——張毅自選集》，天津：南開大學出版社，2004 年 10 月，頁 58～79。
52. 梁超然：〈略說嚴羽詩歌理論之本質〉，《嚴羽學術研究論文選》，鷺江：鷺江出版社，1987 年 10 月，頁 110～121。
53. 理查德・林恩：〈中國詩學中的才學傾向〉，《神女之探尋——英美學者論中國古典詩歌》，上海：上海古籍出版社，1994 年 2 月，頁 286～309。
54. 莫立民：〈明代閩中詩群述論〉，《文化詩學的理論與實踐研究》，北京：中國社會科學出版社，2004 年 11 月，頁 343～363。
55. 莫礪鋒：〈從《瀛奎律髓》看方回的宋詩觀〉，《唐宋詩歌論集》，南京：鳳凰出版社，2007 年 4 月，頁 508～524。
56. 莫礪鋒：〈論杜甫晚期今體詩的特點及其對宋人的影響〉，《唐宋詩歌論集》，南京：鳳凰出版社，2007 年 4 月，頁 71～89。
57. 莫礪鋒：〈論初盛唐的五言古詩〉，《唐宋詩歌論集》，南京：鳳凰出版社，2007 年 4 月，頁 1～24。

58. 郭晉稀、張士昉：〈從中國詩論的發展看嚴羽「別材」「別趣」說的涵義〉，《嚴羽學術研究論文選》，鷺江：鷺江出版社，1987 年 10 月，頁 193～208。
59. 傅君勱著、陳琳譯：〈中國詩歌經驗的理論闡釋：對宋詩史的反思緒言〉，《新宋學》第一輯，上海：上海辭書出版社，2001 年 10 月，頁 167～181。
60. 郭慶財、張毅：〈屠隆「性靈」文學思想芻議〉，《明代文學研究國際學術研討會論文集》，天津：南開大學出版社，2006 年 4 月，頁 259～265。
61. 陳良運：〈論古代文論的當代接受〉，《跨世紀論學文存》，上海：上海遠東出版社，2003 年 4 月，頁 227～240。
62. 陳良運：〈讀嚴羽《評點李太白詩集》獻疑〉，《跨世紀論學文存》，上海：上海遠東出版社，2003 年 4 月，頁 117～132。
63. 陳國球：〈試論《唐詩歸》的編集、版行及其詩學意義〉，《世變與維新——晚明與晚清的文學藝術》，2001 年，頁 17～78。
64. 陳祥耀：〈《滄浪詩話》的「別材」、「別趣」說〉，《嚴羽學術研究論文選》，鷺江：鷺江出版社，1987 年 10 月，頁 180～192。
65. 陳廣弘：〈元明之際宗唐詩風傳播的一個側面——以「二藍」師法淵源爲中心〉，《明代文學研究國際學術研討會論文集》，天津：南開大學出版社，2006 年 4 月，頁 71～87。
66. 陳慶元：〈近幾年嚴羽和《滄浪詩話》研究綜述〉，《嚴羽學術研究論文選》，鷺江：鷺江出版社，1987 年 10 月，頁 376～385。
67. 陳慶元：〈嚴羽論謝靈運——讀《滄浪詩話》札記〉，《嚴羽學術研究論文選》，鷺江：鷺江出版社，1987 年 10 月，頁 293～304。
68. 陸成惠、周傳豹：〈嚴羽的傳說〉，《嚴羽學術研究論文選》，鷺江：鷺江出版社，1987 年 10 月，頁 386～390。
69. 陸家桂：〈不襲牙後　清音獨遠——《滄浪詩話》獨特的審美標志〉，《嚴羽學術研究論文選》，鷺江：鷺江出版社，1987 年 10 月，頁 89～98。
70. 勞延煊：〈元初南方知識份子——詩中所反映出的片面〉，《中國文學史論文選集》第五輯，臺北：幼獅文化，1984 年 3 月。
71. 斯圖爾特・薩金特：〈後來者能居上嗎：宋人與唐詩〉，《神女之探尋——英美學者論中國古典詩歌》，上海：上海古籍出版社，1994 年 2 月，頁 75～106。

72. 湯高才：〈嚴羽興趣説與唐詩藝術〉，《嚴羽學術研究論文選》，鷺江：鷺江出版社，1987 年 10 月，頁 214～223。

73. 黃維樑：〈詩話詞話中摘句爲評的手法——兼論對偶句和安諾德的「試金石」〉，《香港中國古典文學研究論文選粹（1950～2000）》，南京：江蘇古籍出版社，2003 年 1 月，頁 201～214。

74. 黃鳴奮：〈嚴羽、劉克莊詩論辨析〉，《嚴羽學術研究論文選》，鷺江：鷺江出版社，1987 年 10 月，頁 248～261。

75. 黃瀞瑩：〈嚴滄浪詩歌藝術研究〉，《含章光化——戴璉璋先生七秩哲誕論文集》，臺北：里仁書局，2002 年 12 月，頁 663～702。

76. 雷磊：〈明代六朝派的演進〉，《明代文學研究國際學術研討會論文集》，天津：南開大學出版社，2006 年 4 月，頁 153～172。

77. 廖肇亨：〈從不見到洞見：明清詩禪論述的傳承與開新〉，《第十屆文學與美學暨第二屆中國文藝思想國際學術研討會》，2007 年 6 月，頁 1～16。

78. 廖肇亨：〈嚴羽與明清詩學論爭〉，《金元明文學之整合研究——近世文學國際學術研討會論文集》之二，臺北：新文豐出版社，頁 433～470。

79. 熊志庭：〈論「興趣」——讀嚴羽《滄浪詩話》〉，《嚴羽學術研究論文選》，鷺江：鷺江出版社，1987 年 10 月，頁 224～233。

80. 趙鍾業：〈由理氣説看滄浪與象村之不同〉，《第四屆國際東方詩話學術研討會會議論文集》，高雄，2005 年 6 月，頁 57～62。

81. 劉健芬：〈嚴羽「妙悟」説的審美特征〉，《嚴羽學術研究論文選》，鷺江：鷺江出版社，1987 年 10 月，頁 146～157。

82. 劉尊舉：〈陽明心學與歸有光的文學觀〉，《明代文學研究國際學術研討會論文集》，天津：南開大學出版社，2006 年 4 月，頁 218～229。

83. 蔣凡：〈嚴羽論杜甫〉，《嚴羽學術研究論文選》，鷺江：鷺江出版社，1987 年 10 月，頁 314～325。

84. 蔣述卓：〈古代詩論中的以禪喻詩〉，《宗教文藝與審美創造（增訂本）》，廣州：暨南大學出版社，2005 年 7 月，頁 218～231。

85. 蔡振楚：〈詩話涅槃——論詩話與佛教文化之關係〉，《第四屆國際東方詩話學術研討會會議論文集》，高雄，2005 年 6 月，頁 647～666。

86. 鄭松生：〈嚴羽美學思想簡論——讀《滄浪詩話》〉，《嚴羽學術研究論文選》，鷺江：鷺江出版社，1987 年 10 月，頁 32～46。

87. 穆克宏:〈嚴羽論漢魏六朝詩〉,《嚴羽學術研究論文選》,鷺江:鷺江出版社,1987 年 10 月,頁 262～281。
88. 錢仲聯:〈宋代詩話鳥瞰〉,《當代學者自選文庫:錢仲聯卷》,合肥:安徽教育出版社,1999 年 12 月,頁 134～147。
89. 韓泉欣:〈皎然詩論與佛教哲學〉,《古典詩學會探——復旦大學中文系教授榮休紀念文叢:陳允吉卷》,上海:復旦大學出版社,2006 年 4 月,頁 313～329。
90. 羅仲鼎:〈從《滄浪詩話》看嚴羽復古理論的得失〉,《嚴羽學術研究論文選》,鷺江:鷺江出版社,1987 年 10 月,頁 99～109。
91. 羅宗強:〈隆慶、萬曆初當政者的文學觀念——以 1567 至 1582 年爲中心〉,《明代文學研究國際學術研討會論文集》,天津:南開大學出版社,2006 年 4 月,頁 1～16。
92. 顧易生:〈詩有別材,非關書也〉中之「關」字辨——讀嚴羽《滄浪詩話》札記〉《顧易生文史論集》,上海:復旦大學出版社,2002 年 5 月,頁 388～395。

四、期刊論文

1. 丁放、傅繼業:〈試論以方回爲代表的元代正統詩學〉,《安徽教育學院學報》,1994 年第 4 期,頁 15～19。
2. 丁放:〈元代詩話的理論價值〉,《安徽教育學院學報》,1995 年第 2 期,頁 57～60。
3. 尹文濤:〈論《滄浪詩話》中的「識」〉,《懷化學院學報》,第 26 卷第 1 期,2007 年 1 月,頁 91～92。
4. 孔蓮蓮:〈論嚴羽《滄浪詩話》中的禪與詩之關係〉,《山東教育學院學報》,2006 年第 3 期,頁 70～74。
5. 文師華:〈元代詩壇「宗唐」的理論傾向〉,《南昌大學學報(人社版)》,第 33 卷第 3 期,2000 年 7 月,頁 81～86。
6. 文師華:〈元代詩學理論發展的軌跡〉,《南昌大學學報(人社版)》,第 32 卷第 1 期,2001 年 1 月,頁 71～79。
7. 文師華:〈方回詩學理論中的風格論和技巧論〉,《南昌大學學報(人社版)》,第 31 卷第 1 期,2001 年 1 月,頁 107。
8. 王守國:〈議論　文字　才學——再論蘇東坡、黃山谷詩格之異同兼及宋詩的發展〉,《許昌師專學報(社會科學版)》,第 17 卷第 1 期,1998 年第 1 期,頁 38～42。
9. 王守雪:〈從「音律正變」理論到格調説——《唐音》在元明詩學

壇變中的理論意義〉，《殷都學刊》（2000 年第 4 期），頁 63～66。
10. 王忠閣：〈至元大德年間詩壇的尊唐宗宋風氣〉，《信陽師範學院學報（哲學社會科學版）》，第 19 卷第 3 期，1999 年 7 月，頁 96～101。
11. 王忠閣：〈延祐、天曆間雅正詩風及其形成〉，《文學評論》，2006 年第 6 期，頁 110～117。
12. 王琅：〈論明代中晚期的學術思潮與文學發展〉，《文理通識學術論壇》，第 3 期，2000 年 1 月，頁 77～98。
13. 王琅：〈論明代反擬古主義的先驅〉，《文理通識學術論壇》，第 2 期，1999 年 6 月，頁 97～107。
14. 王明暉：〈略析胡應麟對嚴羽、高棅詩學觀念的繼承，《江漢大學學報（人文科學版）》，第 23 卷第 1 期，2004 年 2 月，頁 32～36。
15. 王惠：〈論《滄浪詩話》的「師古」思想體系及其得失〉，《中州大學學報》，第 24 卷第 1 期，2007 年 1 月，頁 52～55。
16. 王雅清：〈雅俗的分化與元詩的歧路〉，《玉溪師範學院學報》，第 20 卷第 4 期，2004 年 4 月，頁 60～62。
17. 王頌梅：〈謝榛《四溟詩話》的特色〉，《國文學報（高師大）》，第 3 期，2005 年 12 月，頁 45～74。
18. 王鳳雲：〈也談嚴羽的「盛唐爲法」〉，《張家口師專學報》，第 19 卷第 4 期，2003 年 8 月，頁 11～13。
19. 王德明：〈方回的「格」論及其對晚宋詩風的批判〉，《廣西師範大學學報（哲學社會科學版）》，第 36 卷第 1 期，頁 28～32。
20. 王德明：〈論宋代詩歌句法理論〉，《新疆大學學報（社會科學版）》，第 28 卷第 3 期，2000 年 9 月，頁 27～32。
21. 王濟民：〈中國詩學本體論：詩言「性情」——兼及幾個同類詩學命題〉，《華中師範大學學報（哲社版）》，1994 年第 4 期，頁 86～90。
22. 付曉芹：〈《滄浪詩話》論盛唐氣象〉，《西南民族學院學報（哲學社會科學版）》，第 23 卷，2002 年 8 月，頁 56～58。
23. 古添洪：〈直覺與表現的比較研究〉，《中華文化復興月刊》，1978 年 9 月，頁 31～44 。
24. 史素昭：〈論江西派詩話〉，《郴州師專學報（綜合版）》，1995 年第 3 期，頁 26～28。
25. 史偉：〈元初詩壇的所謂「時文故習」〉，《蘭州學刊》，2007 年第 6 期，頁 131～134。
26. 史偉：〈方回的詩法理論〉，《廊坊師範學院學報》，第 17 卷第 3 期，

2001 年 9 月，頁 16～20。

27. 史偉：〈宋元之際詩學理論的不同探索——周弼、范晞文、方回詩學個案分析〉，《廊坊師專學報》，2000 年第 2 期，頁 24～28。
28. 史偉：〈宋末元初江西詩派的流傳〉，《南開學報（哲學社會科學版）》，2002 年第 3 期，頁 88～93。
29. 史偉：〈論方回詩學觀點的形成歷程及淵源〉，《廊坊師專學報（社會科學版）》，1998 年第 1 期，頁 11～15。
30. 左東嶺：〈從良知到性靈——明代性靈文學思想的演變〉，《中國古代、近代文學研究》，2000 年，第 3 期，頁 178～184。
31. 申朝暉：〈《滄浪詩話》的文體意識和嚴羽的審美理想〉，《邵陽學院學報（社會科學版）》，第 3 卷第 2 期，2004 年 4 月，頁 69～71。
32. 白貴：〈略論詩話傳詩中的「意見領袖」現象〉，《山西師大學報（社會科學版）》，第 30 卷第 2 期，2003 年 4 月，頁 95～98。
33. 白漢坤：〈從明七子派看《滄浪詩話》，《廣西社會科學》，2002 年第 2 期，頁 196～198。
34. 石明慶：〈從南宋詩話探討理學與宋詩學的理論建構〉，《鹽城師範學院學報（人文社會科學版）》，第 25 卷第 1 期，2005 年 2 月，頁 40～47。
35. 石美玲：〈李贄及其「童心說」之文學理論〉，《興大中文學報》，第 3 期，1990 年 1 月，頁 305～317。
36. 石蘭榮：〈方回《瀛奎律髓》中的詩歌評點〉，《周口師範學院學報》，第 20 卷第 4 期，2003 年 7 月，頁 46～47。
37. 伏滌修：〈從《滄浪詩話》的被指斥看宋代文學的審美風尚〉，《東南學術》，2003 年第 4 期，頁 136～144。
38. 任先大：〈20 世紀中西嚴羽研究述略〉，《湖南社會科學》，2007 年第 2 期，頁 133～137。
39. 任先大：〈20 世紀海外嚴羽研究述評〉，《甘肅社會科學》，2007 年第 4 期，頁 88～91。
40. 任先大：〈20 世紀國內嚴羽研究述評（上篇）〉，《甘肅社會科學》，2006 年第 3 期，頁 174～177。
41. 任先大：〈20 世紀國內嚴羽研究述評（下篇）〉，《甘肅社會科學》，2006 年第 6 期，頁 83～86。
42. 任先大：〈當代學術史視域中的嚴羽研究——以郭紹虞爲中心〉，《社會科學輯刊》，2007 年第 4 期，頁 212～216。
43. 任先大：〈對嚴羽話語系統中「李杜話語」的思考〉，《雲夢季刊》，

1997 年第 3 期，頁 72～74。
44. 任競澤：〈論嚴羽《滄浪詩話》之辨體批評〉，《北方論叢》，2007 年第 4 期，頁 8～12。
45. 匡志：〈魏慶之的籍貫和《詩人玉屑》的成書時間〉，《中國詩學》，第五輯，南京：南京大學出版社，1997 年 7 月，頁 91～92。
46. 多瑞・萊維著、陳引馳譯〈中國古代文學理論與批評〉，《古代文學理論研究》，第二十一輯，上海：華東師範大學出版社，2003 年 12 月，頁 478～503。
47. 宇丹：〈從佛家的「悟」說到審美心理體驗〉，《思想戰線》，1994 年第 4 期，頁 37～42。
48. 成復旺：〈對《滄浪詩話》的再認識〉，《古代文學理論研究》，第十輯，上海：上海古籍出版社，1985 年 6 月，頁 207～230。
49. 朴英順：〈《滄浪詩話》與明代詩論〉，《上海大學學報（社會科學版）》，第 4 卷第 1 期，1997 年 2 月，頁 54～58。
50. 朱志榮：〈論江西詩派對嚴羽《滄浪詩話》的影響〉，《文藝理論研究》，2007 年第 5 期，頁 65～70。
51. 朱易安：〈明代的詩學文獻〉，《南京師範大學文學院學報》，2003 年 3 月，頁 174～183。
52. 朱易安：〈明代詩學文獻的文體形態〉，《古代文學理論研究》，第二十輯，上海：華東師範大學出版社，2002 年 12 月，頁 243～254。
53. 朱易安：〈理學方法和唐詩批評的美學趣味〉，《上海師範大學（哲學社會科學版）》，第 30 卷第 2 期，頁 72～80。
54. 朱學東：〈「繞路說禪」與「妙用無體」——「不著一字　盡得風流」別解〉，《中國文學研究》，2002 年第 1 期，頁 26～29+48。
55. 朱學東：〈晚唐五代詩僧齊己的詩學理論探微〉，《荊州師範學院學報》，2002 年第 1 期，頁 100～102。
56. 何明：〈嚴羽美學理論思維與禪宗之關係〉，《雲南民族學院學報》，1992 年第 3 期，頁 85～89。
57. 何榮：〈興象與理趣——從《滄浪詩話》看唐宋詩風〉，《宿州教育學院學報》，第 19 卷第 5 期，2006 年 10 月，頁 59～60+84。
58. 何懿：〈嚴羽與明代詩論尊唐黜宋傾向〉，《安徽教育學院學報》，1998 年第 4 期，頁 45～48。
59. 余玫：〈再釋「妙悟」〉，《思想戰線》，1998 年增刊，頁 160～162。
60. 余淑瑛：〈李贄其人及其文學思想〉，《嘉義農專學報》，1997 年 6 月，頁 137～155。

61. 吳中勝：〈嚴羽與杜詩的經典化〉，《贛南師範學院學報》，2006 年 8 月，頁 71～73。
62. 吳宏一：〈清初詩學中的形式批評〉，《國立編譯館館刊》，1982 年 6 月，頁 1～36。
63. 吳果中：〈象喻批評的淵源探辨〉，《湖南商學院學報》，第 11 卷第 3 期，2004 年 5 月，頁 102～107。
64. 吳果中：〈象喻批評的理性分性〉，《中國文學研究》，2002 年第 1 期，頁 16～25。
65. 吳俐雯：〈嚴羽《滄浪詩話》探析〉，《耕莘學報》，3 期，2005 年 6 月，頁 75～90。
66. 吳建民：〈妙悟論〉，《中州學刊》，1996 年第 5 期，頁 103～106+14。
67. 吳國富、梅俊道：〈官場生活與元詩宗唐的矛盾〉，《九江師專學報（哲學社會科學版）》，2004 年第 1 期，頁 37～41。
68. 吳國富：〈奇幻的消退與元詩宗唐〉，《麗水師範專科學校學報》，第 25 卷第 3 期，2003 年 6 月，頁 28～31。
69. 吳淑鈿：〈以文爲詩的觀念嬗變〉，《中國文哲研究集刊》，第 17 期，2000 年 9 月，頁 237～262。
70. 吳淑鈿：〈從同光體詩學觀論夏敬觀説孟郊詩〉，《清華學報》，2006 年 6 月，頁 273～294。
71. 吳新雷：〈宋元文藝思潮論〉，《山西師大學報（社會科學版）》，第 24 卷第 2 期，頁 30～35。
72. 呂肖奐：〈從「法度」到「活法」——江西詩派內部機制的自我調節〉，《復旦學報（社會科學版）》，1995 年第 6 期，頁 83～88+9。
73. 呂肖奐：〈論宋詩的新變和宋調的形成〉，《中國詩學》，第五輯，南京：南京大學出版社，1997 年 7 月，頁 174～188。
74. 宋惠如：〈徐禎卿《談藝錄》創作論探析〉，《輔大中研所學刊》，第 13 期，2003 年 9 月，頁 169～184。
75. 李大西：〈論氣在中國古代藝術理論中的地位和作用〉，《中南民族學院學報》，第 2 期，1999 年，頁 96～99。
76. 李大偉：〈論嚴羽詩論中的「詩人後天養成」傾向〉，《山東省農業管理幹部學院學報》，第 23 卷第 4 期，2007 年，頁 146～147。
77. 李天道：〈禪：生命之境和最高審美之境〉，《北京大學學報（哲學社會科學版）》，2000 年第 6 期，頁 62～70。
78. 李世萍：〈靈感與禪悟——談詩禪相通之契機〉，《內蒙古民族師院學報（哲社版）》，1995 年第 2 期，頁 20～22。

79. 李仲祥：〈方回論「格高」與「圓熟」〉，《般都學刊》，1998 年 3 月，頁 43～50。
80. 李向陽：〈滄浪不話王維論〉，《西安石油大學學報（社會科學版）》，第 15 卷第 1 期，頁 51～54。
81. 李成文：〈方回的詩統論〉，《四川大學學報（哲學社會科學版）》，總 143 期，2006 第 2 期，頁 110～114。
82. 李壯鷹：〈詩與禪〉，《北京師大學報》，1988 年 4 月，頁 35～46。
83. 李弦：〈嚴羽詩論中的純粹性〉，《青年戰士報》，1975 年 3 月 7 日，頁 11。
84. 李洪先、樊寶英：〈略論中國詩學之「興」〉，《遼寧師範大學學報》，第 1 期，1999 年，頁 56～58。
85. 李軍：〈詩識與妙悟〉，《吉林省教育學院學報》，2007 年第 5 期，頁 81～82。
86. 李措吉：〈「以禪喻詩」說「妙悟」——淺議禪對《滄浪詩話》的理論貢獻〉，《清海民族學院學報》（社會科學版），2003 年 4 月，頁 107～109。
87. 李舜臣：〈「蔬筍氣」、「酸餡氣」與古代僧詩批評〉，《中國詩學》，第十輯，北京：人民文學出版社，2005 年 9 月，頁 51～59。
88. 李暉：〈「詩禪」周繇諸事考——池籍唐才子研究之一〉，《池州師專學報》，第 16 卷第 4 期，頁 50～53。
89. 李嘉瑜：〈元人對李白及其詩的詮釋〉，《中山人文學報》，第 8 期，1999 年 2 月，頁 13～30。
90. 李壽岡：〈門外叩詩禪〉，《中國韻文學刊》，1996 年 1 月，頁 1～9。
91. 李劍波：〈《滄浪詩話》與明代格調論〉，《南都學壇（人文社會科學學刊）》，第 22 卷第 1 期，2002 年 1 月，頁 56～59。
92. 李劍波：〈格調說的文體學意義〉，《齊齊哈爾大學學報（哲學社會科學版）》，第 2002 年 1 月，頁 89～92。
93. 李劍波：〈論格調理論的宗古傾向〉，《商丘師範學院學報》，第 18 卷第 1 期，2002 年 2 月，頁 46～47。
94. 李慶：〈論《唐詩品彙》的唐詩觀——兼談唐詩研究的若干問題〉，《古代文學理論研究》第二十輯，上海：華東師範大學出版社，2002 年 12 月，頁 219～242。
95. 李銳清：〈明代「格律派」之格律詩說及其理論發展〉，《新亞學報》，第 23 卷，2005 年 1 月，頁 221～262。
96. 杜松柏：〈禪宗成立前後中國詩與詩學之比較〉，《中外文學》，第 7

卷第 6 期，1978 年 11 月，頁 104～130。

97. 杜若：〈方回詩論〉，《臺肥月刊》，第 24 卷第 5 期，1983 年 5 月，頁 37～44。

98. 杜若鴻：〈詩之「尊唐抑宋」辯——從《滄浪詩話》說起〉，《浙江大學學報（人文社會科學版）》，第 34 卷第 1 期，2004 年 1 月，頁 102～108。

99. 汪世清：〈明後七子及其交游生卒備考〉，《中國文化研究所學報》，第 22 期，1991 年，頁 31～51。

100. 狄寶心：〈金與南宋詩壇棄宋宗唐的同中之異及成因〉，《文學遺產》，2004 年第 6 期，頁 87～95。

101. 邢東風：〈禪悟與詩悟〉，《世界宗教研究》，1997 年第 2 期，頁 1～8。

102. 卓福安：〈由王世貞對科舉制度及王學末流的批判論其復古主張的文化意義〉，《文學新鑰》，第 1 期，2003 年 7 月，頁 1+3～27。

103. 周少川：〈元初對宋末空疏風氣的反正〉，《北京師範大學學報（社會科學版）》，2003 年第 5 期，頁 100～105。

104. 周全田：〈禪思與詩思之別〉，《古代文學理論研究》，第二十一輯，上海：華東師範大學出版社，2003 年 12 月，頁 467～477。

105. 周志文：〈「童心」、「初心」與「赤子之心」〉，《古典文學》，第 15 期，2000 年 9 月，頁 75～97。

106. 周裕鍇：〈江西詩派風格論〉，《文學遺產》，1987 年第 2 期，頁 73～82。

107. 周維介：〈嚴羽詩論淺析〉，《中國語文學報》，第 5 期，1972 年 3 月，頁 29～37。

108. 周維德：〈論明代詩話的發展與專門化〉，《浙江大學學報（人文社會科學版）》，2003 年 9 月，頁 55～63。

109. 周興陸：〈《滄浪詩話》對《唐才子傳》唐詩觀的影響〉，《古典文學知識》，2005 年第 6 期，頁 35～39。

110. 周興陸：〈從《滄浪詩話》「於詩用健字不得」考辨嚴羽評杜甫〉，《古代文學理論研究》，第二十輯，上海：華東師範大學出版社，2002 年 12 月，頁 163～170。

111. 周興陸、朴英順、黃霖：〈還《滄浪詩話》以本來面目——《滄浪詩話校釋》據「玉屑本」校訂獻疑〉，《文學遺產》，2001 年第 3 期，頁 85～95。

112. 林宜容：〈晚明「尊藝」觀之研究〉，第 15 期，2000 年 9 月，頁 139

～178。

113. 林宛瑜：〈謝榛《四溟詩話》對歷代詩歌之評論〉，《南師語教學報》，第3期，2005年4月，頁141～157。

114. 林欣怡：〈嚴羽「滄浪詩話」對南北朝詩人之評論〉，《問學》，第4期，2002年3月，頁161～175。

115. 林祁：〈試嚴羽詩學的淵源〉，《古代文學理論研究》，第十八輯，上海：上海古籍出版社，1997年7月，頁215～242。

116. 林建福：〈宋元詩話雜考〉，《中國詩學》，第八輯，北京：人民文學出版社，2003年6月，頁32～37。

117. 林偉淑：〈論謝榛《四溟詩話》中的「模擬」〉，《輔大中研所學刊》，第13期，2003年9月，頁185～200。

118. 林淑貞：〈徐禎卿《談藝錄》之審美觀〉，《古典文學》，第15期，2000年9月，頁47～74。

119. 林朝成、張高評：〈兩岸中國佛教文學研究的課題之評介與省思——以詩、禪交涉爲中心〉，《成大中文學報》，第9期，2001年9月，頁135～156。

120. 林嘉怡：〈明代文人「情」概念之遞變探究〉，《中國文化月刊》，第215期，1998年2月，頁83～94。

121. 邵紅：〈公安竟陵文學理論的探究〉，《思與言：人文與社會科學雜誌》，第12卷第2期，1974年7月，頁16～23。

122. 邵紅：〈明代前七子的時代背景及文學理論〉，《幼獅學誌》，第18卷第1期，1984年5月，頁67～100。

123. 邵紅：〈明代前七子的時代背景及文學理論——續〉，《幼獅學誌》，第18卷第2期，1984年10月，頁71～131。

124. 邵紅：〈袁中郎文學觀的剖析〉，《國立編譯館館刊》，第2卷第1期，1973年6月，頁205～213。

125. 邵紅：〈竟陵派文學理論的研究〉，《國立臺灣大學文史哲學報》，第24期，1975年10月，頁195～244。

126. 邱美瓊、胡建次：〈明代詩學批評中的唐宋之論〉，《江西教育學院學報（社會科學）》，2000年4月，頁11～14。

127. 金宏宇：〈悟「妙悟」——給《滄浪詩話》一種説法〉，《懷化師專學報》，1996年6月，頁187～189。

128. 門立功：〈漫談詩話中「比」的運用〉，《濱州教育學院學報》，第5卷第4期，1999年12月，頁11～13。

129. 芮宏明：〈「妙悟」與唐、宋詩學〉，《文藝理論研究》，2005年第1

期，頁 99～103。

130. 侯雅文：〈論李夢陽以「和」爲中心的詩學體系（之一）——以「和」爲依據所規制的詩歌本質與功能〉，《東華人文學報》，第 8 期，2006 年 1 月，頁 89～122。

131. 施議對：〈以批評模式看宋代文學研究〉，《新宋學》第一輯，上海：上海辭書出版社，2001 年 10 月，頁 303～314。

132. 查洪德：〈20 世紀元代詩學研究概述〉，《南陽師範學院學報（社會科學版）》，第 1 卷第 3 期，2002 年 6 月，頁 95～100。

133. 查洪德：〈元代詩學性情論〉，《文學評論》，2007 年第 2 期，頁 172～182。

134. 查洪德：〈方回的詩人修養論〉，《中國人民大學學報》，1994 年第 5 期，頁 95～100。

135. 查洪德：〈重自我法自然：劉將孫張揚個性的文學思想〉，《北京工業大學（社會科學版）》，第 3 卷第 2 期，2003 年 6 月，頁 71～75。

136. 查清華：〈江西詩派「不問興致」辯〉，《九江師專學報（哲學社會科學版）》，1996 年第 2 期，頁 49～54。

137. 查清華：〈格調論唐詩學的復興〉，《廈門教育學院學報》，第 5 卷第 4 期，2003 年 12 月，頁 10～14。

138. 查清華：〈格調論唐詩學體系的建立〉，《河北大學學報（社會科學版）》，第 44 卷第 5 期，2004 年 9 月，頁 105～109。

139. 柳倩月：〈夫學詩者，以識爲主——嚴羽《滄浪詩話》審美判斷能力說〉，《四川教育學院學報》，第 21 卷第 9 期，2005 年 9 月，頁 58～60。

140. 柳倩月：〈論詩如論禪——嚴羽「以禪喻詩」方法論辨析〉，《南昌大學（人文社會科學版）》，第 37 卷第 5 期，2006 年 9 月，頁 78～81。

141. 段宗社：〈「妙悟」與「詩法」——試論唐宋以來古典詩歌理論的發展〉，《西安聯合大學學報》，2003 年 1 月，頁 83～87。

142. 段宗社：〈「詩必盛唐」臆說〉，《新疆大學學報（社會科學版）》，2003 年 3 月，頁 107～110。

143. 段宗社：〈詩性體悟與詩性言說——試論「妙悟」的創作論特性〉，《寶雞文理學院學報（社會科學版）》，2003 年 4 月，頁 64～69。

144. 洪映萱：〈「詩學等禪宗，千古淵源共」——略論作爲實踐美學的禪和詩歌語言的關係〉，《廈門教育學院學報》，2000 年第 3 期，頁 7～9。

145. 洪喬平：〈嚴羽「滄浪詩話」中「活句」對詩歌創作的意義〉，《育達研究叢刊》2002 年 3 月，頁 13～24。

146. 胡大雷：〈論詩話中的文學史意識〉，《河池師專學報》，1996 年第 1 期，頁 19～25。

147. 胡建次、王金根：〈中國古代「詩法」的承傳〉，《江西社會科學》，2005 年 9 月，頁 64～69。

148. 胡建次、吳曉龍：〈新時期以來的中國古典詩學研究〉，《廣西師範大學學報（哲學社會科學版）》，第 38 卷第 3 期，2002 年 7 月，頁 99～102。

149. 胡建次、邱美瓊：〈宋代詩學批評中的唐宋之爭〉，《南昌大學學報（人社版）》，第 31 卷第 4 期，2000 年 10 月，頁 86～91。

150. 胡建次、邱美瓊：〈嚴羽詩古典唐詩學的建構及其貢獻〉，《南昌大學學報（人社版）》，第 35 卷第 1 期，2004 年 1 月，頁 108～127。

151. 胡建次、秦良：〈略論宋詩的創建、批評與唐詩學的成長〉，《宜春學院學報（社會科學）》，第 25 卷第 5 期，2003 年 10 月，頁 78～80。

152. 胡建次、劉慧萍：〈中國古代詩格的發展及其特徵〉，《南昌大學（人文社會科學版）》，第 37 卷第 3 期，2006 年 5 月，頁 88～94。

153. 胡建次：〈20 世紀中國古典詩話整理與研究述略〉，《思想戰線》，2002 年第 2 期，頁 129～131。

154. 胡建次：〈中國古代詩話及其匯編之體的承傳〉，《重慶大學學報（社會科學版）》，2005 年第 11 卷第 2 期，頁 61～64。

155. 胡建次：〈中國古典詩學視野中的「興趣」論〉，《長春師範學院學報》，第 23 卷第 3 期，2004 年 5 月，頁 66～70。

156. 胡建次：〈宋代唐詩學的展開與演進〉，《江西社會科學》，2004 年 6 月，頁 79～83。

157. 胡建次：〈宋代詩話中的詩格論〉，《南昌大學（人社版）》，第 34 卷第 1 期，20031 月，頁 86～90。

158. 胡建次：〈金元詩論視野中的「趣」〉，《濟南大學學報》，第 14 卷第 4 期，2004 年，頁 27～30。

159. 胡建次：〈遼金元在唐詩學史上的貢獻〉，《齊齊哈爾大學學報（社會科學版）》，2005 年 1 月，頁 4～5。

160. 苗東升：〈詩與禪與模糊思維〉，《中國文化研究》，2000 年秋之卷，頁 78～84。

161. 郁沅：〈嚴羽禪說析辨〉，《學術月刊》，1980 年第 7 期，頁 59～65。

162. 唐建：〈盛唐氣象論爭回眸〉，《柳州職業技術學院學報》，第 5 卷第

1 期，2005 年 3 月，頁 66～70。

163. 姬沇育：〈元代著名作家虞集的文學思想〉，《信陽師範學院學報（哲學社會科學版）》，第 26 卷第 5 期，2006 年 10 月，頁 95～99。

164. 孫小力：〈《明詩話全編》遺漏書目提要〉，《中國詩學》，第六輯，南京：南京大學出版社，1999 年 12 月，頁 220～224。

165. 孫小力：〈明代詩學書目匯考〉，《中國詩學》，第九輯，北京：人民文學出版社，2004 年 6 月，頁 30～64。

166. 孫克寬：〈方回詩與其詩論〉，《中國詩季刊》，第 8 卷第 4 期，1977 年 12 月，頁 90～112。

167. 孫映逵：〈怎樣讀《唐才子傳》〉，《古典文學知識》，1996 年第 3 期，頁 3～9。

168. 孫蓉蓉：〈「以盛唐爲法」與民族審美認同〉，《文學評論》，2007 年第 6 期，頁 112～117。

169. 孫學堂：〈對「格調說」及幾個相近概念的省察〉，《求是學刊》，第 31 卷第 3 期，2004 年 5 月，頁 95～99。

170. 孫學堂：〈論明代文學復古的思想意義——兼與心學思潮比較〉，《中國詩歌研究》，第一輯，北京：中華書局，2002 年 6 月，頁 172～179。

171. 孫學堂：〈嚴羽「氣象」、「興趣」說辨識〉，《南開學報（哲學社會科學版）》，2002 年第 4 期，頁 109～115。

172. 徐子方：〈元代詩歌的分期及其評價問題〉，《淮陰師範學院學報》，第 21 卷第 2 期，1999 年，頁 96～99。

173. 徐子方：〈再論元詩分期標準及有關問題——兼答門巋先生〉，《淮陰師範學院學報（哲學社會科學版）》，第 22 卷第 1 期，2000 年 6 月，頁 63～68。

174. 徐丹麗：〈論早期詩話與詩派的關係——以宋代詩話和江西詩派爲例〉，《江西師範大學（哲學社會科學版）》，38 卷第 1 期，2005 年 1 月，頁 15～19。

175. 徐文潮：〈詩話之定位與詩話學獻疑〉，《陰山學刊》，第 14 卷第 2 期，2001 年 6 月，頁 23～28。

176. 徐傳武：〈漫說「學詩渾似學參禪」〉，《齊魯學刊》，1994 年第 3 期，頁 32～34。

177. 徐潤潤：〈感悟——中國詩人審美思維的獨特方式〉，《貴州師範大學學報》（社會科學版），2001 年第 2 期，頁 106～108。

178. 徐應佩：〈禪宗思維方式對古代文學鑒賞論的作用與影響〉，《名作欣賞》，1997 年第 4 期，頁 115～121+124。

179. 殷曉燕：〈論以禪喻詩與《滄浪詩話》〉，《楚雄師範學院學報》，2003 年 12 月，頁 48～50。

180. 殷曉燕：〈論嚴羽「以禪喻詩」的審美寓意〉，《殷都學刊》，2007 年第 3 期，頁 88～92。

181. 秦良、賀丹君：〈唐宋之辨與唐宋詩之爭的發軔〉，《江西社會科學》，2003 年第 12 期，頁 93～95。

182. 荒井健撰、鄭樑生譯：〈「滄浪詩話」與「潛溪詩眼」〉，《書和人》，第 295 期，1976 年 9 月 4 日，頁 1～8。

183. 高迎剛：〈對嚴羽「別材別趣」說的再認識〉，《船山學刊》，2005 年第 2 期，頁 141～144。

184. 張一平：〈中國古代詩話對詩歌「神」之審視〉，《溫州師範學院學報（哲學社會科學版）》，第 24 卷第 1 期，頁 1～6。

185. 張小明、王笑梅：〈從《瀛奎律髓》看方回對宋詩的基本評價〉，《黃山學院學報》，第 7 卷第 1 期，2005 年 2 月，頁 74～80。

186. 張天明：〈滄浪「妙悟」說與審美的直覺性〉，《湖南師範大學社會科學學報》，1998 年第 4 期，頁 101～104。

187. 張玉霞、張祖利：〈對藝術直覺和靈感的「禪悟」——論嚴羽的「妙悟」說〉，《淄博師專學報》，1997 年第 4 期，頁 61～63。

188. 張伯偉：〈元代詩學僞書考〉，《文學遺產》，1997 年第 3 期，頁 65～73。

189. 張伯偉：〈宋代禪學與詩話二題〉，《中國文化（風雲時代）》，第 6 期，1992 年 9 月，頁 88～94。

190. 張利群：〈中古代辨體批評論〉，《湛江師範學院學報》，1998 年第 4 期，頁 72～77。

191. 張利群：〈論中國古代「見仁見智」的批評差異性〉，《山西大學師範學院學報》，2000 年第 4 期，頁 43～49。

192. 張宏生：〈邊緣文人和超前意識——考察嚴羽詩歌理論的一個角度〉，《江蘇社會科學》，2001 年 7 月，頁 154～159。

193. 張杰：〈中國統統詩學氣象說對作品審美要求的文化心理闡釋〉，《武漢大學學報（人文社會科學版）》，第 53 卷第 6 期，2000 年 11 月，頁 858～863。

194. 張思齊：〈「妙悟說」比較探源——以考察典故「羚羊挂角，無迹可求」爲切入點的世界坐標中的比較研究〉，《中國詩學》，第七輯，北京：人民文學出版社，2002 年 6 月，頁 222～234。

195. 張紅、馬麗：〈元代詩學中的「正變」觀〉，《中國文化研究》，2006年冬之卷，頁94～99。

196. 張紅：〈《唐才子傳》的唐詩觀念及其美學思想〉，《湖南大學學報（社會科學版）》，第18卷第3期，2004年5月，頁38～41。

197. 張紅：〈元詩法與唐詩批評〉，《船山學刊》，2004年第2期，頁130～133。

198. 張紅：〈論《唐音》的唐詩學史地位〉，《上海師範大學學報（哲學社會科學版）》，第33卷第3期，2004年5月，頁98～102。

199. 張紅運：〈「四唐」說源流考論〉，《貴州社會科學》，總202卷第4期，2006年7月，頁124～128。

200. 張哲愿：〈「瀛奎律髓·論詩類」述論〉，《臺灣詩學季刊》，第35期，2001年6月，頁38～51。

201. 張海鷗：〈宋詩「晚唐體」辨〉，《中山大學學報（社會科學版）》，第43卷，2003年第3期，頁17～23。

202. 張高評：〈北宋讀詩詩與宋代詩學——從傳播與接受之視角切入〉，《漢學研究》，第24卷第2期，2006年12月，頁191～223。

203. 張高評：〈印刷傳媒與宋詩之學唐變唐——博觀約取與宋刊唐詩選集〉，《成大中文學報》，第16期，2006年4月，頁1～3+5～44。

204. 張健：〈《滄浪詩話》非嚴羽所編——《滄浪詩話》成書問題考辨〉，《北京大學學報（哲學社會科學版）》，1999年第36卷第4期，頁70～85。

205. 張健：〈「詩話總龜」中所展示的詩學評論〉，《國立編譯館館刊》，第30卷第1/2合刊本，2001年12月，頁189～226。

206. 張健：〈李東陽的文學批評〉，《書和人》，第446期，1982年7月，頁1～5。

207. 張健：〈魏慶之及《詩人玉屑》考〉，《人文中國學報》，第十期，上海：上海古籍出版社，2004年5月，頁123～167。

208. 張健：〈關於嚴羽著作幾個問題的再考辨〉，《北京大學學報（哲學社會科學版）》，2001年第38卷第4期，頁133～142。

209. 張寅彭：〈民國詩學書目輯考〉，《中國詩學》，第七輯，北京：人民文學出版社，2002年6月，頁62～73。

210. 張連第、趙廣林：〈詩味說的形成和發展〉，《古代文學理論研究》，第十輯，上海：上海古籍出版社，1985年6月，頁72～87。

211. 張婷婷：〈嚴滄浪「妙悟」說別解〉，《解放軍藝術學院學報》，2002年第2期，頁15～18。

212. 張婷婷：〈嚴滄浪以禪喻詩理論特點及利弊辨析〉，《鄭州大學學報（哲學社會科學版）》，1989 年第 5 期，頁 58～62。
213. 張晶：〈宋詩的「活法」與禪宗的思維方式〉，《文學遺產》，1989 年 6 月，頁 87～95。
214. 張晶：〈從「虛靜」到「空靜」——禪與詩歌審美創造心理〉，《雲南教育學院學報》，1994 年 8 月，頁 69～73+81。
215. 張晶、劉潔：〈謝榛詩學對嚴羽的超越及其時代意義〉，《思想戰線》，2000 年第 6 期，頁 92～94。
216. 張福慶：〈盛唐氣象及其形成的原因〉，《外交學院學報》，1999 年第 3 期，頁 65～70+74。
217. 張曉芬：〈試論王世貞《藝苑卮言》品唐論宋的擬古自覺〉，《古今藝文》，2006 年 5 月，頁 23～38。
218. 張曉靜：〈明代復古派對嚴羽推尊漢魏盛唐思想的繼承〉，《濰坊學院學報》，第 7 卷第 5 期，2007 年 9 月，頁 60～62。
219. 張曉靜：〈嚴羽「詩而入神」詩美觀〉，《山東省農業管理幹部學院學報》，第 20 卷第 5 期，2004 年，頁 110～111。
220. 張麗明：〈嚴羽「優游不迫」「沉著痛快」審美風格論析說——兼論其與入神之關〉，《紅河學院學報》，第 4 卷第 3 期，2006 年 6 月，頁 34～37。
221. 張麗雲：〈試析嚴羽「妙悟」說的具體含義〉，《玉溪師範學院學報》，1999 年第 5 期，頁 59～60。
222. 曹東：〈《滄浪詩話》研究述略〉，《解放軍外語學院學報》，1997 年第 5 期，頁 106～108。
223. 曹東：〈「妙悟」——嚴羽的詩歌審美主體論學說〉，《廣東教育學院學報》，1998 年第 4 期，頁 56～59。
224. 曹章慶：〈妙悟的美學歷程〉，《廣西大學學報（哲學社會科學版）》，1998 年 12 月，頁 84～90。
225. 梁守中：〈江湖詩派與江湖派詩〉，《中山大學學報（哲社版）》，1989 年 2 月，『頁 99～106。
226. 梁容若：〈王世貞評傳〉，《書和人》，第 128 期，1970 年 1 月 24 日，頁 1～8。
227. 梁道禮、汪沛：〈由「本色」到「妙悟」：兩宋詩學發展的邏輯進程——以「煥發眞識」詩人論爲中心〉，《陝西師範大學學報（哲學社會科學版）》，第 36 卷第 2 期，2007 年 3 月，頁 17～24。
228. 莊錫華：〈嚴羽與詩話風氣，《江蘇社會科學》，1997 年第 5 期，頁

148～154。

229. 許建崑：〈李攀龍「古今詩刪」與相關「唐詩選」各版本的比較〉，《東海中文學報》，第 6 期，1986 年 4 月，頁 99～114。

230. 許建崑：〈李攀龍的文學主張〉，《東海中文學報》，第 7 期，1987 年 7 月，頁 107～115。

231. 許建崑：〈李攀龍與鍾惺選唐詩格的異同——兩本明人選唐詩的比較〉，《幼獅月刊》，2001 年 12 月，頁 399～416。

232. 許建崑：〈後七子交誼考〉，《東海中文學報》，第 1 期，1979 年 11 月，頁 79～92。

233. 許清雲：〈方回之詩學理論研究——下〉，《銘傳學報》，第 23 期，1986 年 3 月，頁 457～482。

234. 許清雲：〈方回之詩學理論研究——上〉，《銘傳學報》第 22 期，1985 年 3 月，頁 349～374。

235. 許清雲：〈方虛谷詩學中之四種高妙技巧〉，《國立編譯館館刊》第 9 卷第 2 期，1980 年 12 月，頁 223～230。

236. 許總：〈理學弛張與文學盛衰——宋金元文學史演進動因新探〉，《天津社會科學》，第 5 期，1999 年，頁 84～88。

237. 許總：〈黃庭堅詩影響成因論〉，《文學遺產》，1991 年 4 月，頁 70～77。

238. 連文萍：〈以詩學著述建構自我價值——論梁橋《冰川詩式》與明代詩學面相〉， 22 卷 2 期，2004 年 12 月，頁 95～119。

239. 連文萍：〈明代格調派詩論中的「杜詩集大成」說——以李東陽「懷麓堂詩話」爲論述中心〉，《國立編譯館館刊》，第 23 卷第 1 期，1994 年 6 月，頁 225～238。

240. 連文萍：〈試論明代茶陵派之形成〉，《古典文學》，第 12 期，1992 年 10 月，頁 143～17。

241. 連文萍：〈詩史可有女性的位置？——以兩部明代詩話爲論述中心〉，《漢學研究》，第 17 卷第 1 期，1999 年 6 月，頁 177～200。

242. 連文萍：〈詩話資料的檢索與利用〉，《國文天地》，第 18 卷第 8 期，2003 年 1 月，頁 13～20。

243. 郭玉生：〈「悟」與宋代詩學——禪宗與古國代詩學之一〉，《南都學壇（人文社會科學學報）》，2003 年 5 月，頁 62～65。

244. 郭英德：〈元明文學史觀散論〉，《北京師範大學學報（社會科學版）》，1995 年第 3 期，頁 16～24。

245. 郭英德：〈元明的文學傳播與文學接受〉，《求是學刊》，1999 年第 2

期，頁 76～82。

246. 郭鵬：〈「以文爲詩」辨——關於唐宋詩變中一個文學觀念的檢討〉，《北京大學學報（哲學社會科學版）》，1999 年第 1 期，頁 73～82。

247. 郭鵬：〈黃庭堅與以文爲詩〉，《中國文化研究》，1999 年春之卷，頁 113～118。

248. 陳文忠：〈試論嚴羽、袁宏道二者之「趣」〉，《韶關學院學報（社會科學版）》，第 23 卷 5 期，2002 年 5 月，頁 28～31。

249. 陳文新：〈中國古代四大詩學流別的縱向考察〉，《文學評論》，2003 年第 3 期，頁 115～120。

250. 陳文忠：〈接受史視野中的經典細讀〉，《文藝理論》，2008 年 2 月，頁 3～10。

251. 陳文忠：〈試論嚴羽、袁宏道二者之「趣」〉，《韶關學院學報（社會科學版）》，第 23 卷第 5 期，2002 年 5 月，頁 28～31。

252. 陳文新：〈公安派詩學的重新考察〉，《社會科學研究》，2000 年 4 月，頁 132～136。

253. 陳文新：〈明代格調派的演變歷程及其對意圖説的否定〉，《武漢大學學報（人文科學版）》，2001 年 3 月，頁 205～211。

254. 陳名財：〈別材別趣説辨析〉，《四川教育學院學報》，第 15 卷第 1 期，1999 年 1 月，頁 44～48。

255. 陳伯海：〈「氣」與「韻」——兼探詩性生命的人格範型〉，《古代文學理論研究》，第二十三輯，上海：華東師範大學出版社，2005 年 12 月，頁 28～48。

256. 陳伯海：〈一個生命論詩學範例的解讀——中國詩學精神探源〉，《社會科學戰線》，2003 年第 5 期，頁 197～205。

257. 陳伯海：〈中國詩學觀念的流變論綱〉，《中國詩學》，第六輯，南京：南京大學出版社，1999 年 12 月，頁 152～166。

258. 陳伯海：〈釋「妙悟」——論詩性生命的超越性領悟〉，《中國詩學》，第十一輯，北京：人民文學出版社，2006 年 10 月，頁 99～111。

259. 陳良運：〈中國詩學研究的期待視野〉，《社會科學研究》，2001 年第 1 期，頁 128～133。

260. 陳岸峰：〈「唐詩別裁集」與「古今詩刪」中「唐詩選」的比較研究——論沈德潛對李攀龍詩學理念的傳承與批判〉，《漢學研究》，19 卷 2 期，2001 年 12 月，頁 399～416。

261. 陳俊龍：〈嚴羽《滄浪詩話》詩論試詮〉，《輔大中研所學刊》，第 5 期，1995 年 9 月，頁 269～287。

262. 陳美朱：〈捉得竟陵訣——鍾惺、譚元春詩作特色析論〉，《高雄師大學報》，2003 年 12 月，頁 401～418。

263. 陳美朱：〈論「詩歸」中的別趣奇理——兼論鍾、譚選詩與論詩要旨的落差〉，《中國文哲研究通訊》，第 13 卷第 3 期，2003 年 9 月，頁 109～128。

264. 陳美朱：〈論明清詩話對唐七古的正變之爭〉，《中國文化月刊》，第 232 期，1999 年 7 月，頁 41～63。

265. 陳軍：〈論「本色」與「當行」〉，《雲南師範大學學報》，第 36 卷第 5 期，2004 年 9 月，頁 81～88。

266. 陳素英：〈唐五代詩格中的情景說研究〉，《東吳中文研究集刊》，第 9 期，2002 年 9 月，頁 145～179。

267. 陳素英：〈盛唐三種唐詩選集所呈現的詩觀〉，《東吳中文研究集刊》，第 10 期，2003 年 9 月，頁 105～137。

268. 陳偉強：〈方回詩論淺探〉，《學術論文集》，第 7 期，2005 年 8 月，頁 91～120 。

269. 陳偉強：〈嚴羽自號「滄浪逋客」考辨〉，《清華學報》，第 27 卷第 2 期，1997 年 6 月，頁 217～238。

270. 陳國球：〈「興象風神」析義：胡應麟詩論研究之一〉，《幼獅學誌》，第 18 卷第 1 期，1984 年 5 月，頁 101～129。

271. 陳國球：〈引古人精神，接後人心目——《唐詩歸》初探〉，《嶺南學報》，新第一期，1999 年 10 月，頁 375～415。

272. 陳國球：〈明清「格調」詩說研究知見目錄〉，《中國詩學》，第八輯，北京：人民文學出版社，2003 年 6 月，頁 279～290。

273. 陳國球：〈胡應麟的詩體論〉，《東方文化》，第 21 卷第 2 期，1983 年，頁 156～168。

274. 陳國球：〈悟與法：胡應麟的詩學實踐論〉，《故宮學術季刊》，第 1 卷第 2 期，1983 年冬，頁 41～70。

275. 陳國球：〈試論唐七律於明復古詩論中的「正典化過程」〉，《中外文學》，第 16 卷第 6 期，1987 年 11 月，頁 64～117。

276. 陳國球：〈變中求不變：論胡應麟對詩史的詮釋〉，《中外文學》，第 12 卷第 8 期，1984 年 1 月，頁 146～180。

277. 陳瑞山：〈滄浪詩話的歷史範例〉，《中外文學》，第 20 卷第 11 期，1992 年 4 月，頁 67～81。

278. 陳鼎棟：〈唐詩「四唐分期說」質疑〉，《福建商業高等專科學校學報》，第 6 期，2005 年 12 月，頁 89～92。

279. 陳漢文：〈從《詩人玉屑》的編纂看魏慶之的晚唐詩觀〉，《許昌學院學報》，第 23 卷第 6 期，2004 年，頁 61～65。

280. 陳漢文：〈魏慶之與南宋詩學〉，《漢學研究》，第 22 卷第 1 期，2004 年 6 月，頁 131～157。

281. 陳慶元：〈謝肇淛的《小草齋詩話》及其詩論〉，《中國詩學》，第五輯，南京：南京大學出版社，1997 年 7 月，頁 145～150。

282. 陳潔：〈《滄浪詩話》與明代復古、擬古詩潮〉，《欽州師範高等專科學校學報》，第 18 卷第 2 期，2003 年 6 月，頁 31～34。

283. 陳靜瑩：〈謝榛《四溟詩話》創作方法論評析〉，《輔大中研所學刊》，第 10 期，2000 年 10 月，頁 187～214。

284. 陳寶良：〈明代文人辨析〉，《漢學研究》，2001 年 6 月，頁 187～218。

285. 陸凌霄：〈中國古代詩法敘論〉，《廣西民族學院學報（哲學社會科學版）》，第 19 卷第 2 期，1997 年 4 月，頁 108～112。

286. 陸曉光：〈古代文論中「才性」說初探〉，《古代文學理論研究》，第十輯，上海：上海古籍出版社，1985 年 6 月，頁 103～116。

287. 陶文鵬、魏祖欽：〈《唐音》考論〉，《中國文化研究》，2006 年春之卷，頁 94～102。

288. 陶禮天：〈嚴羽悖論：藝術直覺的運思特徵〉，《學術論壇》，1989 年第 6 期，頁 73～78。

289. 章繼光：〈以「氣象」論詩盛於宋代的文化考察〉，《求索》，2002 年 5 月，頁 163～166。

290. 傅明善：〈宋代唐詩學綱〉，《寧波大學學報（人文科學版）》，第 15 卷第 1 期，2002 年 3 月，頁 18～23。

291. 傅紹良：〈盛唐氣象的誤讀與重讀〉，《陝西師範大學學報》，28 卷 1 期，1999 年 3 月，頁 127～134。

292. 傅耀珍：〈嚴羽《滄浪詩話》「氣象」析論〉，《問學》，第 7 期，2004 年 12 月，頁 89～106。

293. 喬家駿：〈淺論《滄浪詩話》「興趣」之義涵與形成〉，《問學》，第 9 期，頁 129～142。

294. 彭梅蕾：〈「得意忘言」說對中國詩學的意義——嚴羽詩論意蘊演繹〉，《社會科學家》，第 1 期，2005 年 1 月，頁 204～205。

295. 惠鳴：〈復古觀念對文類演進的影響〉，《逢甲人文社會學報》，第 8 期，2004 年 5 月，頁 111～123。

296. 湯一介：〈禪宗的覺與迷〉，《中國文化研究》，1997 年秋之卷，頁 1～3。

297. 程小平：〈論「悟」：關于宋代詩學一個范疇的分析——以嚴羽詩學爲中心〉，《新疆大學學報（社會科學版）》，2002 年 6 月，頁 93～98。

298. 程小平：〈嚴羽詩學思想研究現狀與展望〉，《北京青年政治學院學報》，第 10 卷第 1 期，2001 年 3 月，頁 65～71。

299. 程自信：〈略論嚴羽對江西派詩論的態度〉，《九江師專學報（哲學社會科學版）》，1985 年第 4 期，頁 84～86。

300. 童慶炳：〈嚴羽詩論緒說〉，《北京師範大學學報（社會科學版）》，1997 年第 2 期，頁 82～89。

301. 賀愛軍：〈「以禪喻詩」的三性說〉，《寧波工程學院學報》，第 19 卷第 3 期，2007 年 9 月，頁 50～52。

302. 馮小祿：〈「功臣」論：明代詩學論爭的重要認識〉，《古代文學理論研究》，第二十三輯，上海：華東師範大學出版社，2005 年 12 月，頁 351～365。

303. 黃如焄：〈詩話作而詩亡——一個詩學觀念的分析〉，《雲林工專學報》，第 16 期，1997 年 6 月，頁 299～322。

304. 黃秀琴：〈嚴羽「滄浪詩話」中「以禪喻詩」觀念試析〉，《國立中央大學中國文學研究所論文集刊》，1997 年 5 月，頁 55～64。

305. 黃尚信：〈嚴羽及其詩論〉，《體育學報》，8 期，1979 年 3 月，頁 21～25。

306. 黃念然：〈悟道與意境的審美生成〉，《湛江師範學院學報（哲學社會科學版）》，1996 年 12 月，頁 7～9。

307. 黃啓方：〈論方回之詩學〉，《國立編譯館館刊》，第 4 卷第 2 期，1975 年 12 月，頁 157～192。

308. 黃景進：〈由明代文學批評史看寫文學史的意義及其可能性（提綱）〉，《中國詩學》，第五輯，南京：南京大學出版社，1997 年 7 月，頁 283～284。

309. 黃慶萱：〈形象思維與文學〉，《國文學報》，第 23 期，1994 年 6 月，頁 63～78。

310. 黃慶萱：〈劉若愚「中國文學本論」內容析議〉：《中國學術年刊》，第 19 期，1998 年 3 月，頁 483～519+左 689～690。

311. 黃慶萱：〈劉若愚「中國文學本論」架構方法析議〉，《國文學報》，第 27 期，1998 年 6 月，頁 271～306。

312. 黃錦珠：〈一場各說各話的論戰：李、何詩文論爭底蘊的探究〉，《中國文學研究》，第 2 期，1988 年 5 月，頁 157～189。

313. 黃錦珠：〈李夢陽何景明文學論戰〉，《書和人》，第 581 期，1987 年 11 月 7 日，頁 1～4。

314. 黃寶華：〈《滄浪詩話》的「興趣」與唐宋詩學的流變〉，《古代文學理論研究》，第二十一輯，上海：華東師範大學出版社，2003 年 12 月，頁 205～222。

315. 黃繼立：〈從「格調」到「神韻」——論王漁洋對李（夢陽）、何（景明）、徐（禎卿）、李（攀龍）諸人詩學的態度〉，《中國古典文學研究》，第 7 期，2002 年 6 月，頁 31～66。

316. 楊東甫：〈「本色」「當行」比較論〉，《廣西師院學報（哲學社會科學版）》，第 23 卷第 2 期，2004 年 4 月，頁 47～53。

317. 楊松年：〈李攀龍及其「古今詩刪」研究〉，《中外文學》，第 9 卷第 9 期，1981 年 2 月，頁 38～53。

318. 楊徑青：〈妙悟與言詮：詩禪分別論〉，《思想戰線》，1999 年 6 月，頁 56～61。

319. 楊暉：〈嚴羽「氣象」說評述〉，《安徽師範大學學報（人文社會科學版）》，第 27 卷第 4 期，1999 年 11 月，頁 523～527。

320. 楊維中：〈論詩與禪的互滲〉，《西北大學學報（哲學社會科學版）》，1997 年第 3 期，頁 14～17。

321. 楊鐮、張頤青：〈元僧詩與僧詩文獻研究〉，《北京工業大學學報（社會科學版）》，第 3 卷第 1 期，頁 76～82。

322. 葉俊慶：〈試論明代文學中的書面傳播〉，《世新中文研究集刊》，第 2 期，2006 年 6 月，頁 69～95。

323. 葉愛欣：〈「宗唐得古」與戴表元詩論〉，《殷都學刊》，1998 年第 3 期，頁 51～53。

324. 葉愛欣：〈戴表元詩論淺說〉，《平頂山師專學報（社會科學）》，第 13 卷第 1 期，1998 年 2 月，頁 7～12。

325. 葉維廉著、古添洪譯：〈嚴羽與宋人詩論〉，《幼獅學誌》，第 15 卷第 4 期，1979 年 12 月，頁 169～182。

326. 董朝剛：〈也論宋詩特點——關於「以文字爲詩，以議論爲詩，以才學爲詩」的若干思考〉，《唐山師範學院學報》，第 26 卷第 4 期，2004 年 7 月，頁 10～12+61。

327. 路雲亭：〈建安風骨與盛唐氣象的文化闡釋〉，《古代文學理論研究》，第二十四輯，上海：華東師範大學出版社，2006 年 12 月，頁 276～294。

328. 雷恩海：〈意匠如神變化生　筆端有力任縱橫——嚴羽的詩歌藝術

及其詩學理想實踐〉，《中國詩學》，第十輯，北京：人民文學出版社，2005 年 9 月，頁 131～144。

329. 廖宏昌：〈古代詩學重變發展觀的歷史沿革〉，《文與哲》，第 3 期，2003 年 12 月，頁 359～393。

330. 廖宏昌：〈清人對滄浪詩學的反思〉，《文學新鑰》，第 5 期，2007 年 6 月，頁 37～50。

331. 廖肇亨：〈明末清初叢林論詩風尚探析〉，《中國文哲研究集刊》，第 20 期，2002 年 3 月，頁 263～302。

332. 廖肇亨：〈明清詩學論爭中的嚴羽：「詩法」與「妙悟」的多稜折射〉，《中國詩學》，第 12 輯，2008 年 1 月，頁 178～195。

333. 熊明、劉秀玉：〈禪思維與藝術創造的體物方式〉，《遼寧大學學報》，1999 年第 2 期，頁 46～48。

334. 趙永紀：〈嚴羽風格論的歷史地位〉，《南開學報》，2001 年第 1 期，頁 73～80。

335. 趙青：〈由「以禪入詩」、「以禪喻詩」到「妙悟之說」——中國古代詩歌創作、批評史上一次創造雙贏的溝通〉，《甘肅聯合大學學報（社會科學版）》，第 21 卷第 4 期，2005 年 10 月，頁 32～34。

336. 趙勝潮：〈嚴羽「妙悟」說初探〉，《邯鄲職業技術學院學報》，2001 年 6 月，頁 23～24。

337. 劉文剛：〈試論我國古代詩論的美學特色〉，《古代文學理論研究》，第十輯，上海：上海古籍出版社，1985 年 6 月，頁 48～71。

338. 劉方：〈脈望室考信錄〉，《自貢師專學報（綜合版）》，1997 年第 1 期，頁 50～53。

339. 劉玉敏：〈古代詩話中的絢麗花朵——談詩話中的比喻〉，《十堰大學學報（社科版）》，1997 年第 2 期，頁 27～30。

340. 劉明今、杜娟：〈劉辰翁父子與宋元之際江西文壇〉，《文學遺產》，2005 年第 4 期，頁 140～142。

341. 劉明今：〈關於元代詩法類著作〉，《古代文學理論研究》，第二十輯，上海：華東師範大學出版社，2002 年 12 月，頁 209～218。

342. 劉松來：〈詩法效禪——江西宋代詩歌創作方法的禪學化走向〉，《江西財經大學學報》，2002 年第 6 期，頁 55～59。

343. 劉美華：〈楊維楨詩學研究（上）〉，《亞東工業專科學校學報》，第 5 期，1985 年 6 月，頁 5～68。

344. 劉美華：〈楊維楨詩學研究（下）〉，《亞東工業專科學校學報》，第 6 期，1986 年 6 月，頁 27～67。

345. 劉渭平：〈明代詩學之發展與影響〉，《明清史集刊》，第 3 期，1997 年，頁 1～10。

346. 劉雅杰：〈從南宋閩僧的話頭看《滄浪詩話》〉，《延邊大學學報（社會科學版）》，2002 年 6 月，頁 59～62。

347. 劉達科：〈百年來遼金元詩文綜合研究專著管窺〉，《山西教育學院學報》，2001 年第 2 期，頁 17～19。

348. 劉德重：〈明代詩話：格調、復古與分唐界宋〉，《上海大學學報（社會科學版）》，2004 年 11 月，頁 31～37。

349. 劉德重：〈詩話範疇與詩話學〉，《上海大學學報（社會科學版）》，第 4 卷第 3 期，1997 年 6 月，頁 32～37。

350. 劉衛林：〈謝榛「四溟詩話」冥搜說探析〉，《人文中國學報》，第 9 期，2002 年 12 月，頁 209～228。

351. 潘殊閑：〈入神：文學的超審美境界——以李杜詩歌爲例〉，《華北電力大學學報（社會科學版）》，第 2 期，2007 年 4 月，頁 96～101。

352. 蔣寅：〈以禪喻詩的學理依據〉，《學術月刊》，1999 年第 9 期，頁 64～71。

353. 蔣寅：〈作爲批評家的嚴羽〉，《文藝理論研究》，1998 年 3 月，頁 70～76。

354. 蔡志超：〈嚴羽興趣說〉，《慈濟技術學院學報》，第 9 期，2006 年 7 月，頁 121～133。

355. 蔡琇瑩：〈論《滄浪詩話》的詩論及其對漢魏詩歌之批評〉，《問學》，第 10 期，2006 年 6 月，頁 267～288。

356. 蔡瑜：〈「唐音」析論〉，《漢學研究》，第 12 卷第 2 期，1994 年 12 月，頁 245～269。

357. 蔡瑜：〈宋代的唐詩分期論〉，《國立編譯館館刊》，22 卷 1 期，1993 年 6 月，頁 159～201。

358. 蔡瑜：〈從典律之辨論明代詩學的分歧〉，《臺大中文學報》，第 17 期，2002 年 12 月，頁 185～187+189～234。

359. 蔡曉婷：〈試論滄浪之詩歌審美觀〉，《問學》，第 7 期，2004 年 12 月，頁 149～163。

360. 蔡鎮楚：〈唐人詩格與宋詩話之比較〉，《中國文學研究》，1994 年第 3 期，頁 20～25。

361. 蔡鎮楚：〈詩話之學與古代文論研究〉，《內蒙古師大學報（哲學社會科學版）》，1994 年第 1 期，頁 32～37。

362. 蔡鎮楚：〈論明代詩話〉，《社會科學戰線》，1994 年，第 5 期，頁

211～217。

363. 鄭成益：〈「四溟詩話」研究——以古體源流與近體創作爲論〉，《輔大中研所學刊》，第 12 期，2002 年 10 月，頁 45～58。

364. 鄭利華：〈前後七子詩論異同——兼論明代中期復古派詩學思想趨勢之演變〉，《中國文哲研究通訊》，第 13 卷第 3 期，2003 年 9 月，頁 3～21。

365. 鄭亞薇：〈胡應麟之生平及詩藪產生之背景〉，《中國市專學報》，第 4 期，1983 年 6 月，頁 65～82。

366. 鄭雪花：〈「以禪喻詩」與「詩禪一致」〉，《中國文化月刊》，第 229 期，1999 年 4 月，頁 78～103。

367. 鄭琳：〈禪文學與地域特色關聯性的試探〉，《古典文學》，第 12 期，1992 年 10 月，頁 27～57。

368. 鄧仕樑：〈胡應麟論齊梁陳隋詩與唐律之關係辨〉，《人文中國學報》，第 8 期，2001 年 9 月，頁 1～27。

369. 鄧仕樑：〈滄浪詩話試論〉，《崇基學報》，1971 年 10 月，頁 110～123。

370. 鄧國軍：〈反對「以禪喻詩」之評析與詩、禪內在機制再探索〉，《天津大學學報（社會科學版）》，2003 年 1 月，頁 77～81。

371. 鄧國軍：〈以禪喻詩，莫此親切——嚴羽「以禪喻詩」説論爭的回顧與再探索〉，《上海交通大學學報》（哲學社會科學版），2002 年 2 月，頁 108～112。

372. 鄧紹秋：〈禪與審美心境〉，《湖南大學學報（社會科學版）》，1999 年 6 月，頁 83～87。

373. 鄧新華：〈宋人「妙悟」與「活參」的詩歌接受理論〉，《三峽大學學報（人文社會科學版），第 23 卷第 1 期，2001 年 1 月，頁 29～33。

374. 鄧新躍：〈《滄浪詩話》與明代詩學辨體理論〉，《湖南城市學院學報》，第 25 第 6 期，2004 年 11 月，頁 15～19。

375. 鄧新躍：〈《滄浪詩話》與盛唐詩歌的經典化〉，《江漢論壇》，2007 年第 2 期，頁 80～82。

376. 鄧新躍：〈明代詩學辨體理論的尊體意識與典範意識〉，《南都學壇（人文社會科學學報）》，2005 年 3 月，頁 60～63。

377. 鄧新躍：〈論宋代的詩學辨體理論〉，《江淮論壇》，2005 年第 1 期，頁 140～143+61。

378. 盧燕新：〈殷璠《河嶽英靈集》的選詩心態〉，《山西大學學報（哲學社會科學版)》，第 30 卷第 6 期，2007 年 11 月，頁 59～63。

379. 曉峰、曉燕：〈漸悟、頓悟和思維、想象——中國古代文學鑒賞審美心理舉隅〉，《大連教育學院學報》，1997 年第 4 期，頁 20～24。

380. 横山伊勢雄：〈《滄浪詩話》——抒情的回歸〉，《中國文學研究》，1992 年第 3 期，頁 35～40。

381. 蕭永鳳：〈范梈詩論著作考辨〉，《中國典籍與文化》，2003 年第 2 期，頁 23～26。

382. 蕭淳鏵：〈《詩人玉屑》收錄《滄浪詩話》所出現的相連關係〉，《國立編譯館館刊》，第 29 卷第 1 期，2000 年 6 月，頁 165～183。

383. 蕭淳鏵：〈《詩人玉屑》與《滄浪詩話》之關係〉，《中國文化月刊》，第 217 期，1998 年 4 月，頁 44～71。

384. 蕭淳鏵：〈「詩人玉屑」評論人物部份的體例、編排及資料選擇〉，《大陸雜誌》，第 97 卷第 4 期，1998 年 10 月，頁 27～38。

385. 蕭淳鏵：〈從《詩人玉屑》看創作理論〉，《國立編譯館館刊》，第 29 卷第 2 期，2000 年 12 月，頁 99～114。

386. 蕭淳鏵：〈探討「詩人玉屑」與詩格之關係〉，《國立臺灣大學文史哲學報》，第 51 期，1999 年 12 月，頁 79～109。

387. 蕭開蓮、許勁松：〈詩法禪化：超越之路——江西派詩學特徵芻議〉，《樂山師範學院學報》，第 22 卷第 7 期，2007 年 7 月，頁 25～28。

388. 蕭馳：〈中國傳統詩學中的超越與本在：《二十四詩品》中一個重要意涵的探討〉，《中國文哲研究集刊》，12 期，1998 年 3 月，頁 167～204。

389. 蕭麗華：〈東坡詩中的禪喻〉，《佛學研究中心學報》，第 6 期，2001 年 7 月，頁 243～270。

390. 蕭麗華：〈從儒佛交涉的角度看嚴羽「滄浪詩話」的詩學觀念〉，《佛學研究中心學報》，第 5 期，2000 年 7 月，頁 253～273。

391. 賴欣陽：〈徐禎卿「談藝錄」探析〉，《復興學報》，1998 年 12 月，頁 391～396。

392. 駱禮剛：〈爲《滄浪詩話》以禪喻詩一辯〉，《學術研究》，2003 年 12 月，頁 144～147。

393. 謝明陽：〈許學夷《詩源辯體》在晚明的傳播與接受〉，《東華人文學報》，第 5 期，2003 年 7 月，頁 299～338。

394. 謝美智：〈滄浪「興趣說」阮亭「神韻說」之辨析〉，《內湖高工學報》，1998 年 4 月，頁 14～28。

395. 韓泉欣：〈宋詩的尚意與宋文的尚韻〉，《古代文學理論研究》，第二十輯，上海：華東師範大學出版社，2002 年 12 月，頁 171～180。

396. 簡錦松：〈李夢陽詩論之「格調」新解〉，《古典文學》，第 15 期，2000 年 9 月，頁 1～45。

397. 簡錦松：〈胡應麟詩藪的辨體論〉，《古典文學》，第 1 期，1979 年 12 月，頁 327～353。

398. 顏婉雲：〈明清兩朝有關前七子生平文獻目錄〉，《書目季刊》，第 18 卷第 3 期，1984 年 12 月，頁 49～59。

399. 魏江華：〈詩學與禪學相通〉，《中山大學學報論叢》，1998 年第 1 期，頁 167～170。

400. 魏慈德：〈嚴羽「滄浪詩話」中的漢魏詩觀〉，《中文研究學報》，第 3 期，2000 年 6 月，頁 103～110。

401. 羅山鴻：〈淺論宋詩「以學問爲詩」的形成過程〉，《上海師範大學學報（社會科學版）》，第 30 卷第 3 期，2001 年 5 月，頁 80～84。

402. 羅立剛：〈論元人詩學觀的特色〉，《石油大學學報（社會科學版）》，第 18 卷第 2 期，2002 年 4 月，頁 80～83。

403. 羅仲鼎：〈感情・興趣・韻味——《滄浪詩話》研究之一〉，《杭州師院學報（社會科學版）》，1982 年第 3 期，頁 35～41。

404. 羅仲鼎：〈從《滄浪詩話》到《藝苑卮言》——嚴羽與王世貞詩論之比較〉，《浙江學刊》，1990 年第 3 期，頁 70～74。

405. 羅麗容：〈論湯顯祖「主情説」之淵源、內涵與實踐〉，《古典文學》，第 15 期，2000 年 9 月，頁 99～138。

406. 羅耀霞：〈禪宗與詩話〉，《邵陽師專學報》，1994 年第 4 期，頁 67～72。

407. 饒毅、張紅：〈唐宋詩之爭中的「溫柔敦厚」説〉，《理論界》，2006 年 4 月，頁 107～108。

408. 龔顯宗：〈明七子派之餘波〉，《木鐸》，第 9 期，1980 年 11 月，頁 333～343。

409. 龔顯宗：〈明代七子派詩文論產生之背景〉，《靜宜學報》，1981 年 6 月，頁 91～121。